Nüwa the Creator

Nüwa the Creator

A Story in Easy Chinese, Pinyin and English

580 Word Chinese Vocabulary

by Jenny Lu

IMAGIN8
PRESS

Published in the United States by Imagin8 Press LLC, Verona, Pennsylvania, US. For information, contact us via email at info@imagin8press.com.

Our books may be purchased directly in quantity at a reduced price, visit www.imagin8press.com for details.

Imagin8 Press, the Imagin8 logo and the sail image are all trademarks of Imagin8 Press LLC.

Written by Jenny Lu
Edited by Jeff Pepper and Xiao Hui Wang
Cover artwork by NextMars, Liuyang, China
Audiobook narration by Junyou Chen

ISBN: 978-1959043782
Version 4.0

Acknowledgements

Many thanks to the team at Next Mars for their cover artwork, Elaine Mao for translating the story into English, Jeff Pepper and Xiao Hui Wang for editing the manuscript; Jia Mei Beh, Arnaud Ysmal and Jean Agapoff for proofreading the Chinese and pinyin; and Junyou Chen for narrating the free YouTube audiobook.

Audiobook

A complete Chinese language audio version of this book is available free of charge. To access it, go to YouTube.com and search for the Imagin8 Press channel. There you will find audiobooks for this and many other books.

You can also visit our website, www.imagin8press.com, to find a direct link to the YouTube audiobook, as well as information about our other books.

Contents

Introduction

Imagine you are the only conscious being in a beautiful but empty world. Mountains, rivers, flowers everywhere, but there's nobody to share a laugh with, nobody to complain to about the weather. What would you do?

If you're Nüwa (女娲), you grab some mud and start making friends. Literally.

Nüwa stands as China's most beloved mother figure, a goddess who created humanity and saved us when the sky fell. According to legend, she invented marriage, established the foundations of civilization, and performed the ultimate home repair job when cosmic disaster struck. But here's what stops most people cold: she appears with the upper body of a beautiful woman and the lower body of a serpent.

Why a snake? That question has puzzled scholars, artists, and curious minds for millennia.

The Great Snake Mystery

Four compelling theories attempt to solve this puzzle, each revealing different layers of ancient Chinese thought. The debate has raged for centuries, with new archaeological discoveries and cultural insights adding fresh perspectives to this ancient riddle.

The Life Force Theory: Snakes shed their skin and emerge renewed, making them perfect symbols of regeneration and endless creative power. This isn't merely poetic metaphor. Ancient Chinese observed snakes closely and saw something miraculous: a creature that could literally transform itself, emerging from its old skin like a newborn. For a goddess whose primary job involves creating all of humanity, this symbolism cuts deep.

Snakes can lay dozens of eggs at once, and some species reproduce without male partners entirely. In a world where survival depended on population growth, these creatures represented the ultimate fertility symbol. Ancient Chinese texts like the I Ching use "the serpent's coiling" as a metaphor for creative energy building before explosive release.

Snake worship wasn't unique to China, but what sets the Chinese approach apart is how they integrated this symbolism into their creation stories, making the snake body not merely decorative but fundamental to understanding divine creative power.

The Tribal Totem Theory: Archaeological evidence suggests that prehistoric Chinese tribes organized around animal totems, with the snake holding particular power. Oracle bone inscriptions from the Shang dynasty (c. 1600-1046 BCE) show serpent symbols associated with fertility rituals and ancestral worship.

Nüwa's companion, Fuxi, also sports a serpent lower body. Ancient texts describe Nüwa and Fuxi as siblings, lovers, or different aspects of the same divine principle. Their intertwined serpent bodies appear in Han dynasty (206 BCE-220 CE) tomb murals, suggesting this wasn't merely literary device but genuine religious iconography.

Even today, the Miao people perform snake dances during harvest festivals, echoing ancient connections between serpent symbolism and abundance.

The Shadow Theory: Traditional Chinese medicine and philosophy recognize multiple souls within each person, including the *hun* (ethereal soul) and *po* (corporeal soul). The shadow represented something between the two: connected to the physical body but extending beyond it.

Ancient people noticed how shadows stretched and contracted, how they seemed to move independently, how they disappeared at noon but extended dramatically at dawn and dusk. A standing person's shadow, especially in early morning or late afternoon light, creates an almost perfect serpentine shape trailing behind the upright torso.

Archaeological evidence supports this theory. Cave paintings and early pottery show human figures with elongated, snake-like extensions that could represent shadows. Some scholars argue that Nüwa's form captures the ancient Chinese understanding of human completeness: the visible body united with its invisible double.

The Organ Theory: Early Chinese medical texts used the character for "intestine" where we might now use "reproductive organ" or "womb." The connection wasn't metaphorical but literal: ancient Chinese viewed intestines as the source of life-giving power.

Consider the *Shan Hai Jing* (Classic of Mountains and Seas), which describes Nüwa's ability to transform herself seventy times in a day, with ten of these transformations explicitly attributed to her "intestinal power." The text suggests her serpentine lower body represents not skin and scales but externalized creative organs.

This aligns with ancient Chinese medical theory, which located different aspects of consciousness and creative power throughout the body. The intestines weren't merely digestive tools but the seat of transformation and change. So, Nüwa's snake body represents raw creative power made visible, the normally hidden processes of generation and transformation exposed for all to see.

The Artistic Evolution: Early representations show Nüwa as fully serpentine. Later artwork depicts her with increasingly human features, until Tang dynasty (618-907 CE) paintings show her as an elegant woman with only the faintest suggestion of scales. Modern representations often eliminate the snake body entirely, focusing on her nurturing human aspects.

This evolution reflects shifting cultural values. As Chinese society became more urban and agricultural, wild animal symbolism lost power while human social organization gained importance. Yet the snake element never disappeared completely, suggesting something fundamental about this imagery that transcends cultural change.

Each theory opens a window into how our ancestors understood creativity, divinity, and the mysterious power of bringing life into being. Rather than competing explanations, they layer meaning upon meaning, creating a figure rich enough to sustain thousands of years of interpretation and reverence.

Nüwa Today

Thousands of years later, Nüwa remains active in Chinese culture.

Her temples dot the landscape, from the famous Mount Tiantai in Shandong Province, where locals believe she performed her sky-repairing miracle, to smaller shrines where people pray for fertility and protection. Every February, some regions celebrate the Sky-Mending Festival with pancakes placed on rooftops, honoring her cosmic repair work.

In 2012, a sculpture of Nüwa was installed at United Nations headquarters in Vienna, symbolizing humanity's responsibility to repair our damaged ozone layer. Chinese artist Yuan Xikun created the piece to echo her ancient role as cosmic restorer, suggesting her story speaks directly to modern environmental crises.

She permeates Chinese culture in ways both obvious and subtle. *Dream of the Red Chamber*, one of China's greatest novels, opens with a leftover stone from Nüwa's sky-repair project. Video games, animations, and contemporary novels regularly feature her. She has become cultural shorthand for nurturing power, creative force, and the conviction that sometimes the world needs a mother's intervention to set things right.

About This Story

In this book we follow Nüwa through her greatest adventure: from lonely goddess to humanity's creator to cosmic hero. Written for Chinese language learners, it uses carefully chosen vocabulary while preserving the emotional core of one of China's most enduring myths.

You'll encounter not just Nüwa, but also the water god Gonggong and fire god Zhurong, whose cosmic tantrum nearly destroys everything. You'll witness the moment when the sky cracks open and alien creatures pour through. You'll watch as one determined goddess decides that if the heavens won't stay fixed, she'll fix them herself.

This story is more than a simple creation myth. It explores responsibility, the lengths we'll travel to protect those we love, and finding strength to repair what seems beyond fixing. In our age of climate change and global challenges, Nüwa's determination to heal a wounded world feels remarkably current.

Ready to meet the goddess who refused to let the sky fall?

Nǚwā Bǔ Tiān

Dì Yī Zhāng:

Nǚshén Xiǎng Yǒu Péngyou

Hěnjiǔ hěnjiǔ yǐqián, shìjiè gāng chūxiàn de shíhou, tiān shì lán de, dì shì huáng de. Yǒu shān, yǒu shuǐ, yǒu shù, yǒu huā, yǒu niǎo. Shìjiè hěn dà, hěn piàoliang, dànshì méiyǒu rén.

Zài zhège shìjiè shàng, yǒu yí wèi nǚshén, tā de míngzi jiào Nǚwā. Nǚwā hé bié de shén bú tài yíyàng. Tā de shàngbànshēn shì yí gè piàoliang de nǚrén, tā de xiàbànshēn shì yì tiáo chángcháng de shé.

Nǚwā jīngcháng yībiān kàn shìjiè, yībiān lǚyóu. Zǎo

女娲补天

第一章：
女神想有朋友

很久很久以前，世界刚出现的时候，天是蓝的，地是黄的。有山，有水，有树，有花，有鸟。世界很大，很漂亮，但是没有人。

在这个世界上，有一位女神[1]，她的名字叫女娲[2]。女娲和别的神不太一样。她的上半身是一个漂亮的女人，她的下半身是一条长长的蛇[3]。

女娲经常一边看世界，一边旅游。早

---

[1] 女神　　nǚshén – goddess
[2] 女娲　　Nǚwā – Nuwa, the mother goddess, creator of mankind
[3] 蛇　　　shé – snake

shang, tā kàn tàiyáng chūlái; zhōngwǔ, tā zài hébiān xiūxi; wǎnshang, tā tīng xiǎoniǎo chànggē. Shìjiè nàme měi, shēngyīn nàme hǎotīng.

Kěshì, Nǚwā chángcháng juéde bù gāoxìng. Wèishénme ne? Yīnwèi tā méiyǒu péngyou. Tiān hěn dà, dì hěn dà, tā yí gè rén zǒu le hěnduō dìfāng, kàn le hěnduō dōngxi, dànshì méiyǒu rén hé tā shuōhuà, méiyǒu rén hé tā yìqǐ wán.

"Zhège shìjiè zhēn hǎo, dàn zhǐyǒu wǒ yí gè rén, méiyǒu péngyou," Nǚwā chángcháng zhèyàng xiǎng. "Yàoshi yǒu jǐ gè péngyou jiù hǎo le."

Yì tiān, Nǚwā láidào Huáng Hé biān. Huáng Hé hěn dà, hé lǐ de shuǐ shì huángsè de. Hébiān yǒu hěnduō huángsè de

上，她看太阳出来；中午，她在河边休息；晚上，她听小鸟唱歌。世界那么美，声音那么好听。

可是，<u>女娲</u>常常觉得不高兴。为什么呢？因为她没有朋友。天很大，地很大，她一个人走了很多地方，看了很多东西，但是没有人和她说话，没有人和她一起玩。

"这个世界真好，但只有我一个人，没有朋友，"<u>女娲</u>常常这样想。"要是有几个朋友就好了。"

一天，<u>女娲</u>来到<u>黄河</u>边。<u>黄河</u>很大，河里的水是黄色的。河边有很多黄色的

ní tǔ. Nǚwā yòng shǒu mō le mō nítǔ. Zhège nítǔ bù duō bù shǎo, bù gān yě bù shī.

"Zhège nítǔ zhēn hǎo," Nǚwā xiǎng, "Wǒ kěyǐ yòng tā zuò shénme ne?" Tā tūrán xiǎngdào le yí gè hǎo bànfǎ. "Wǒ kěyǐ yòng nítǔ zuò jǐ gè xiǎo dōngxi! Ràng tāmen zuò wǒ de péngyou!"

Xiǎng dào zhèlǐ, Nǚwā ná qǐ yìxiē nítǔ, kāishǐ yòng shǒu zuò xiǎo dōngxi. Tā xiān shìzhe yòng gān nítǔ zuò, dànshì nítǔ tài yìng, bù hǎo yòng. Tā yòu shìzhe jiā le hěnduō shuǐ, dànshì nítǔ tài ruǎn le, xiǎo dōngxi zhàn bú zhù.

泥土[4]。女娲用手摸[5]了摸泥土。这个泥
土不多不少，不干[6]也不湿[7]。

"这个泥土真好，"女娲想，"我可以
用它做什么呢？"她突然想到了一个好
办法[8]。"我可以用泥土做几个小东
西！让他们做我的朋友！"

想到这里，女娲拿起一些泥土，开始用
手做小东西。她先试着用干泥土做，但
是泥土太硬[9]，不好用。她又试着加了
很多水，但是泥土太软[10]了，小东西站
不住。

---

[4] 泥土　　ní tǔ – soil
[5] 摸　　　mō – to touch
[6] 干　　　gān – dry
[7] 湿　　　shī – wet
[8] 办法　　bànfǎ – way, method
[9] 硬　　　yìng – hard
[10] 软　　　ruǎn – soft

Nǚwā xiǎng le xiǎng, yòng le bù duō bù shǎo de shuǐ hé nítǔ. Zhè yí cì, tā xiǎoxīn de zuò le yí gè xiǎo dōngxi. Zhège xiǎo dōngxi yǒu tóu, yǒu yǎnjing, yǒu zuǐba, hái yǒu shǒu hé jiǎo. Kàn qǐlái hěn yǒu yìsi.

Nǚwā kànzhe zhège xiǎo dōngxi, wèn, "Nǐ huì dòng ma? Nǐ huì shuōhuà ma?" Dànshì, xiǎo dōngxi yìdiǎnr yě bú dòng, yě bú huì shuōhuà.

Nǚwā yǒu diǎn nánguò. Tā yòu zuò le yí gè, háishi bú dòng. "Wèishénme tāmen bú dòng ne?" Nǚwā kànzhe héshuǐ lǐ de zìjǐ, yòu xiǎng le xiǎng. "Kěnéng tāmen xūyào yìdiǎndiǎn……qì?"

Tā yòu ná qǐ nítǔ, fēicháng rènzhēn de zuò le yí gè xiǎo dōngxi. Tā duìzhe xiǎo dōngxi, qīngqīng de chuī le yì kǒu qì.

女娲想了想，用了不多不少的水和泥土。这一次，她小心地做了一个小东西。这个小东西有头，有眼睛，有嘴巴，还有手和脚。看起来很有意思。

女娲看着这个小东西，问，"你会动吗？你会说话吗？"但是，小东西一点儿也不动，也不会说话。

女娲有点难过。她又做了一个，还是不动。"为什么它们不动呢？"女娲看着河水里的自己，又想了想。"可能它们需要一点点……气？"

她又拿起泥土，非常认真地做了一个小东西。她对着小东西，轻轻地吹[11]了一口气。

---

11 吹　　　　　chuī – blow

Tā kànzhe xiǎo dōngxi, děngzhe.

Guò le yíhuìr, xiǎo dōngxi de shǒu dòng le dòng!
Ránhòu, xiǎo dōngxi de jiǎo yě dòng le dòng!

"Tài hǎo le!" Nǚwā fēicháng gāoxìng. "Nǐ huó le! Nǐ
zhēn de huó le!"

Suīrán zhège xiǎo dōngxi hái bù néng shuōhuà, yě
bù néng zǒulù, dànshì Nǚwā hěn gāoxìng. Tā xiǎng,
"Xiànzài wǒ yǒu bànfǎ le! Wǒ kěyǐ zuò chū héduo
péngyou le!"

她看着小东西，等着。

过了一会儿，小东西的手动了动！然后，小东西的脚也动了动！

"太好了！"女娲非常高兴。"你活了！你真的活了！"

虽然这个小东西还不能说话，也不能走路，但是女娲很高兴。她想，"我有办法了！现在我可以做出很多朋友了！"

Dì Èr Zhāng:

Dì Yī Gè Péngyou Hé Gèng Duō de Rén

Nǚwā kànzhe tā zuò de xiǎo dōngxi. Xiǎo dōngxi dòng le dòng, zhēnde huó le! Nǚwā fēicháng gāoxìng.

Tā duìzhe xiǎo dōngxi yòu qīngqīng de chuī le yì kǒu qì. Zhè yí cì, xiǎo dōngxi n de shēntǐ biàn rè le yìdiǎn. Tā de shǒu hé jiǎo dōu néng dòng le. Ránhòu, xiǎo dōngxi mànman zhàn le qǐlái! Yì kāishǐ, tā zhàn bù hǎo, dànshì hěn kuài, tā jiù néng zhàn hǎo le.

Xiǎo dōngxi zhāngkāi yǎnjing, kàndào le Nǚwā. Tā kànkan zuǒbian, kànkan yòubian, duì zhège shìjiè hěn gǎn xìngqù.

"Nǐ hǎo," Nǚwā gāoxìng de shuō. "Nǐ néng tīngdǒng wǒ shuō de huà ma?"

Xiǎo dōngxi kànzhe Nǚwā, dòng le dòng yǎnjing, diǎn le diǎn

第二章：
第一个朋友和更多的人

女娲看着她做的小东西。小东西动了动，真的活了！女娲非常高兴。

她对着小东西又轻轻地吹了一口气。这一次，小东西的身体变热了一点。他的手和脚都能动了。然后，小东西慢慢站了起来！一开始，他站不好，但是很快，他就能站好了。

小东西张开眼睛，看到了女娲。他看看左边，看看右边，对这个世界很感兴趣。

"你好，"女娲高兴地说。"你能听懂我说的话吗？"

小东西看着女娲，动了动眼睛，点了点

tóu.

"Tài hǎo le!" Nǚwā gèng gāoxìng le. "Nǐ jiùshì 'rén'. Nǐ huì shuō 'rén' ma?"

Xiǎorén zhāngkāi zuǐba, xiǎng shuō shénme, dànshì méiyǒu shēngyīn chūlái.

"Méi guānxi," Nǚwā shuō. "Nǐ gānggāng lái dào zhège shìjiè, xiànzài hái bú huì shuōhuà. Bié zháojí, wǒ huì jiāo nǐ de."

Nǚwā bǎ shǒu gěi xiǎorén, xiǎorén yě bǎ shǒu gěi le Nǚwā. Nǚwā juéde xīnli rèrè de, hěn kāixīn.

Nǚwā zhǐzhe tiān shuō "tiān," zhǐzhe dì shuō "dì," zhǐzhe hé shuō "shuǐ," ránhòu, tā zhǐzhe xiǎorén zìjǐ, shuō, "rén."

Xiǎorén kànzhe Nǚwā, xuézhe tā de yàngzi, mànman de

头。

"太好了！"女娲更高兴了。"你就是'人'。你会说'人'吗？"

小人张开嘴巴，想说什么，但是没有声音出来。

"没关系，"女娲说。"你刚刚来到这个世界，现在还不会说话。别着急，我会教你的。"

女娲把手给小人，小人也把手给了女娲。女娲觉得心里热热的，很开心。

女娲指着天说"天"，指着地说"地"，指着河说"水"，然后，她指着小人自己，说，"人。"

小人看着女娲，学着她的样子，慢慢地

shuō chū le dì yī gè zì, "Rén……rén……"

Nǚwā hěn chījīng, yě fēicháng gāoxìng. "Duì! Nǐ shì rén! Nǐ xuéhuì shuōhuà le!"

"Rén……rén……" Xiǎorén yòu shuō le yí cì, zhè cì shēngyīn dà le yìdiǎnr. Tā yòng shǒu zhǐzhe zìjǐ, tūrán míngbai le, shuō, "Wǒ shì……rén."

Nǚwā xiào le. Tā zhōngyú yǒu le yí gè kěyǐ shuōhuà de péngyou le!

Nǚwā jìxù jiāo rén shuō gèng duō de huà. Tā xué de hěn kuài, kěyǐ shuō gèng duō jiǎndān de huà le.

"Xièxie nǐ, Nǚwā." Rén duì Nǚwā shuō.

Nǚwā tèbié gāoxìng. Tā hé rén yìqǐ láidào Huáng Hé

说出了第一个字，"人……人……"

女娲很吃惊[12]，也非常高兴。"对！你是人！你学会说话了！"

"人……人……"小人又说了一次，这次声音大了一点儿。他用手指着自己，突然明白了，说，"我是……人。"

女娲笑了。她终于有了一个可以说话的朋友了！

女娲继续[13]教人说更多的话。他学得很快，可以说更多简单的话了。

"谢谢你，女娲。"人对女娲说。

女娲特别高兴。她和人一起来到黄河

---

11 吃惊　　chī jīng – surprised
13 继续　　jì xù – to continue

biān, kàn dōngxi, shuōhuà, chànggē.

Dì èr tiān, Nǚwā yòu lái dào hébiān. Tā xiǎng, "Yí gè rén tài shǎo le. Wǒ yào zuò gèng duō rén."

Nǚwā yòu ná qǐ nítǔ, kāishǐ zuò dì èr gè rén. Tā hěn kuài yòu zuò hǎo le yí gè xiǎo nírén, yě duìzhe tā chuī le yì kǒu qì. Dì èr gè nírén yě huó le, hé dì yī gè rén yíyàng.

Nǚwā jìxù zuò dì sān gè, dì sì gè……tā zuò le hěnduō hěnduō piàoliang de rén. Tāmen dōu huì zǒulù, Nǚwā yě jiāo tāmen shuōhuà, jiāo tāmen rènshi zhège shìjiè. Zhèxiē xīn de rén dōu hěn cōngming, xué dōngxi xué de hěn kuài.

Yì tiān, liǎng tiān, sān tiān…… Nǚwā měitiān dōu zài zuò xīn de rén. Zhèxiē rén dōu xièxie Nǚwā, tāmen jiào Nǚwā "māma."

边，看东西，说话，唱歌。

第二天，女娲又来到河边。她想，"一个人太少了。我要做更多人。"

女娲又拿起泥土，开始做第二个人。她很快又做好了一个小泥人，也对着他吹了一口气。第二个泥人也活了，和第一个人一样。

女娲继续做第三个、第四个……她做了很多很多漂亮的人。他们都会走路，女娲也教他们说话，教他们认识这个世界。这些新的人都很聪明，学东西学得很快。

一天，两天，三天……女娲每天都在做新的人。这些人都谢谢女娲，他们叫女娲"妈妈"。

Dànshì, Nǚwā fāxiàn yí gè wèntí. Tā yí gè yí gè de zuò rén tài màn le. Tā xiǎng ràng shìjiè shàng yǒu hěnduō rén, zhèyàng zuò yào huā hěn cháng shíjiān.

"Wǒ xūyào yí gè gèng kuài de bànfǎ," Nǚwā yǒu diǎnr zháojí. "Wǒ zuò de měi yí gè rén dōu yào huó de." Tā kànzhe Huáng Hé biān de nítǔ, kāishǐ xiǎng xīn de bànfǎ.

但是，<u>女娲</u>发现一个问题。她一个一个地做人太慢了。她想让世界上有很多人，这样做要花很长时间。

"我需要一个更快的办法，"<u>女娲</u>有点儿着急。"我做的每一个人都要活的。"她看着<u>黄河</u>边的泥土，开始想新的办法。

Dì Sān Zhāng:

Rénmen Kāishǐ Shēnghuó

Tā kàndào Huáng Hé biān yǒu hěnduō nítǔ, yòu kàndào pángbiān yǒu yìxiē chángcháng de cǎo. Tā xiǎngdào le yí gè bànfǎ. Tā zhǎo lái yì gēn chángcháng de cǎo, bǎ tā fàng jìn nítǔ lǐ, ràng nítǔ dōu pǎodào cǎo shàng. Ránhòu, tā ná qǐ zhè gēn cǎo, yònglì yì rēng!

Nítǔ fēi le chūqù, diào zài dìshàng, biànchéng le hěnduō xiǎorén de yàngzi. Zhèxiē rén yǒu de gāo, yǒu de ǎi, yǒu de pàng, yǒu de shòu.

Nǚwā duì zhèxiē xiǎo nírén chuī le yì kǒu qì, tāmen yě dōu huó le! Tāmen zhàn qǐlái, kànzhe Nǚwā, yě kāishǐ shuōhuà, zǒulù.

第三章：
人们开始生活

她看到<u>黄河</u>边有很多泥土，又看到旁边有一些长长的草。她想到了一个办法。她找来一根长长的草，把它放进泥土里，让泥土都跑到草上。然后，她拿起这根草，用力一扔[14]！

泥土飞了出去，掉在地上，变成了很多小人的样子。这些人有的高，有的矮，有的胖，有的瘦。

<u>女娲</u>对这些小泥人吹了一口气，他们也都活了！他们站起来，看着<u>女娲</u>，也开始说话，走路。

---

[14] 扔　　　rēng – to throw

Nǚwā hěn gāoxìng, tā zhǎodào le yí gè hěn kuài zuò
rén de bànfǎ. Cóng zhè yǐhòu, shìjiè shàng de rén
yuè lái yuè duō le. Yǒu de rén zhù zài shān shàng,
yǒu de rén zhù zài hébiān.

Dànshì, rén duō le, wèntí yě lái le. Rénmen bù
zhīdào shénme dōngxi kěyǐ chī, shénme dōngxi bù
kěyǐ chī. Yǒu de rén chī le bù hǎochī de dōngxi, dùzi
téng. Hái yǒu, tiānqì yǒu shíhou lěng, yǒu shíhou rè,
rénmen bù zhīdào zěnme bàn.

Nǚwā kàndào le zhèxiē wèntí. Yì tiān, tā lái dào yì
qún rén nàlǐ.

"Nǚwā māma!" Rénmen kàndào tā, dōu hěn
gāoxìng.

Yí gè nánrén shuō, "Nǚwā māma, wǒmen è le,
dànshì bù zhīdào qù nǎlǐ zhǎo chī de. Shù shàng de
guǒzi

女娲很高兴，她找到了一个很快做人的办法。从这以后，世界上的人越来越多了。有的人住在山上，有的人住在河边。

但是，人多了，问题也来了。人们不知道什么东西可以吃，什么东西不可以吃。有的人吃了不好吃的东西，肚子疼。还有，天气有时候冷，有时候热，人们不知道怎么办。

女娲看到了这些问题。一天，她来到一群人那里。

"女娲妈妈！"人们看到她，都很高兴。

一个男人说，"女娲妈妈，我们饿了，但是不知道去哪里找吃的。树上的果子

bù duō."

Yí gè nǚrén yě shuō, "Shì a, wǒmen yě bù zhīdào zěnme qù ná hélǐ de yú."

Nǚwā xiǎng le xiǎng, shuō, "Bié zháojí, wǒ lái jiāo nǐmen."

Tā dàizhe rénmen zǒu dào shùlín lǐ. Zhǐzhe yì zhǒng hóngsè de guǒzi shuō, "Zhège shì tián de, kěyǐ chī." Tā yòu zhǐzhe yì zhǒng lǜsè de guǒzi shuō, "Zhège bù hǎo, chī le dùzi huì téng."

Tā yòu zhǐzhe dìshàng de yìxiē cǎo shuō, "Zhè zhǒng báisè de kěyǐ chī, nà zhǒng hēisè de bù kěyǐ chī." Rénmen rènzhēn de tīngzhe, jì zài xīnli.

Ránhòu, Nǚwā dài tāmen lái dào hébiān. Tā zhǎodào yì

不多。"

一个女人也说，"是啊，我们也不知道怎么去拿河里的鱼。"

<u>女娲</u>想了想，说，"别着急，我来教你们。"

她带着人们走到树林里。指着一种红色的果子说，"这个是甜的，可以吃。"她又指着一种绿色的果子说，"这个不好，吃了肚子会疼。"

她又指着地上的一些草说，"这种白色的可以吃，那种黑色的不可以吃。"人们认真地听着，记在心里。

然后，<u>女娲</u>带他们来到河边。她找到一

gēn chángcháng de mùtou. Tā kànzhe shuǐ lǐ de yú,
hěn kuài de yòng mùtou dǎ le yíxià shuǐ, yì tiáo yú
jiù bèi dǎ shànglái le. Tā shuō, "Nǐmen kěyǐ xiàng
zhèyàng yòng mùtou dǎ yú chī."

Rénmen kāishǐ xuézhe zěnme zhǎo chī de, zěnme dǎ
yú. Yì kāishǐ, tāmen zuò de bú tài hǎo, yǒu shíhou
háishi huì è dùzi, huòzhě dǎ bú dào yú. Dànshì
tāmen hùxiāng bāngzhù, yìqǐ xuéxí.

Nǚwā yòu jiāo tāmen zěnme yòng dòngwù de pí zuò
yīfu chuān, zhèyàng tiān lěng de shíhou jiù bú huì
gǎnmào le.

Guò le jǐ gè xīngqī, rénmen xuéhuì le hěnduō
dōngxi. Tāmen zhīdào zěnme zhǎo chī de, zěnme
zuò jiǎndān de yīfu. Tāmen hái kāishǐ yòng mùtou
hé shùyè zuò xiǎo fángzi

根长长的木头[15]。她看着水里的鱼，很快地用木头打了一下水，一条鱼就被打上来了。她说，"你们可以像这样用木头打鱼吃。"

人们开始学着怎么找吃的，怎么打鱼。一开始，他们做得不太好，有时候还是会饿肚子，或者打不到鱼。但是他们互相[16]帮助，一起学习。

<u>女娲</u>又教他们怎么用动物的皮做衣服穿，这样天冷的时候就不会感冒了。

过了几个星期，人们学会了很多东西。他们知道怎么找吃的，怎么做简单的衣服。他们还开始用木头和树叶做小房子

---

[15] 木头　mùtou – wood
[16] 互相　hù xiāng – each other

zhù. Tāmen yìqǐ gōngzuò, yìqǐ shēnghuó.

Nǚwā yòu lái kàn rénmen. Tā kàndào rénmen de shēnghuó yuè lái yuè hǎo, tāmen hùxiāng bāngzhù, kàn qǐlái hěn kuàilè. Háizimen zài pángbiān pǎo lái pǎo qù.

Rénmen kàndào Nǚwā lái le, dōu pǎo le guòlái. "Nǚwā māma, xièxie nǐ!" dàjiā yìqǐ shuō. Yí gè xiǎo háizi pǎo guòlái, sòng gěi Nǚwā yì duǒ piàoliang de huā.

Nǚwā xiào le, tā kàndào zìjǐ zuò de rén néng hǎohao shēnghuó, tā juéde fēicháng gāoxìng hé fàngxīn.

住。他们一起工作，一起生活。

女娲又来看人们。她看到人们的生活越来越好，他们互相帮助，看起来很快乐。孩子们在旁边跑来跑去。

人们看到女娲来了，都跑了过来。"女娲妈妈，谢谢你！"大家一起说。一个小孩子跑过来，送给女娲一朵漂亮的花。

女娲笑了，她看到自己做的人能好好生活，她觉得非常高兴和放心。

Dì Sì Zhāng:

Shuǐshén Hé Huǒshén Shēngqì le

Tiānshàng de shén hěnduō. Yǒu de shén xǐhuan rén, yǒu de shén juéde rén hěn qíguài, bù xǐhuan rén. Zài zhèxiē shén lǐ, yǒu liǎng gè fēicháng qiángdà de shén, yí gè shì shuǐshén Gònggōng, yí gè shì huǒshén Zhùróng. Tāmen dōu hěn xǐhuan nǚshén Nǚwā, dōu xiǎng ràng Nǚwā zuò zìjǐ de nǚ péngyou.

Gònggōng shì guǎnlǐ shuǐ de. Dàhé lǐ de shuǐ, xiàyǔ de shuǐ, dōu tīng tā de. Gònggōng hěn gāo, hěn dà, chángcháng chuān lánsè de yīfu, tā de yǎnjing yě shì lánsè de. Tā bù cháng xiào, kàn qǐlái yǒu diǎnr gāolěng.

第四章：
水神和火神生气了

天上的神很多。有的神喜欢人，有的神觉得人很奇怪，不喜欢人。在这些神里，有两个非常强大[17]的神，一个是水神共工[18]，一个是火神祝融[19]。他们都很喜欢女神女娲，都想让女娲做自己的女朋友。

共工是管理[20]水的。大河里的水，下雨的水，都听他的。共工很高，很大，常常穿蓝色的衣服，他的眼睛也是蓝色的。他不常笑，看起来有点儿高冷[21]。

17　强大　　qiáng dà – powerful
18　共工　　Gònggōng – a god associated with floods and destruction
19　祝融　　Zhùróng – a god associated with fire and the south
20　管理　　guǎn lǐ – to manage
21　高冷　　gāo lěng – aloof, cool and distant

Zhùróng shì guǎnlǐ huǒ de. Tiānshàng de tàiyáng, dìshàng de huǒ, dōu tīng tā de. Zhùróng yě hěn gāo, hěn dà, chángcháng chuān hóngsè de yīfu, tā de tóufa xiàng huǒ yíyàng hóng. Tā chángcháng xiào, kàn qǐlái hěn rèqíng.

Shuǐ hé huǒ shì bù yíyàng de. Gònggōng hé Zhùróng dōu juéde zìjǐ duì Nǚwā hé rén gèng zhòngyào, suǒyǐ tāmen kàn bu qǐ duìfāng, jiànmiàn de shíhou, yě bù hé duìfāng shuōhuà.

Zhè yì tiān, tiānshàng de dàshén, Yùdì, bǎ hěnduō shén dōu jiào lái le, yě jiào le Gònggōng hé Zhùróng.

Yùdì zuò zài zuì gāo de yǐzi shàng, shuō, "Dàjiā hǎo. Xiànzài, tiānshàng de fēng, tiānshàng de yǔ, tiānshàng de yún, dōu xūyào yí gè dàshén lái guǎnlǐ. Nǐmen juéde, shuí zuì héshì?"

Hěnduō shén dōu bù shuōhuà.

祝融是管理火的。天上的太阳，地上的
火，都听他的。祝融也很高，很大，常
常穿红色的衣服，他的头发像火一样
红。他常常笑，看起来很热情。

水和火是不一样的。共工和祝融都觉得
自己对女娲和人更重要，所以他们看不
起对方，见面的时候，也不和对方说
话。

这一天，天上的大神，玉帝，把很多神
都叫来了，也叫了共工和祝融。

玉帝坐在最高的椅子上，说，"大家
好。现在，天上的风，天上的雨，天上
的云，都需要一个大神来管理。你们觉
得，谁最合适？"

很多神都不说话。

Yùdì kànzhe Gònggōng hé Zhùróng, shuō,
"Gònggōng, Zhùróng, nǐmen liǎng gè dōu hěn
qiángdà. Nǐmen juéde, shuí kěyǐ lái guǎnlǐ tiānqì
ne?"

Gònggōng mǎshàng zhàn qǐlái. Tā xiǎng, rúguǒ wǒ
néng guǎnlǐ tiānqì, Nǚwā yídìng huì juéde wǒ gèng
lìhai. Tā shuō, "Yùdì, wǒ juéde wǒ zuì héshì. Shuǐ
fēicháng zhòngyào. Méiyǒu shuǐ, dìshàng shénme
dōngxi dōu huó bu liǎo. Huācǎo shùmù dōu xūyào
shuǐ. Nǚwā zuò de rén yě xūyào hē shuǐ. Méiyǒu
shuǐ, tāmen huì kěsǐ. Suǒyǐ, wǒ lái guǎnlǐ tiānqì zuì
héshì."

Zhùróng tīng le, yě mǎshàng zhàn qǐlái. Tā yě zài
xiǎng, zhège gōngzuò hěn zhòngyào, rúguǒ wǒ zuò
le, Nǚwā yídìng huì hěn gāoxìng. Tā duì Yùdì shuō,
"Yùdì, wǒ

玉帝看着共工和祝融，说，"共工，祝融，你们两个都很强大。你们觉得，谁可以来管理天气呢？"

共工马上站起来。他想，如果我能管理天气，女娲一定会觉得我更厉害[22]。他说，"玉帝，我觉得我最合适。水非常重要。没有水，地上什么东西都活不了。花草树木都需要水。女娲做的人也需要喝水。没有水，他们会渴死[23]。所以，我来管理天气最合适。"

祝融听了，也马上站起来。他也在想，这个工作很重要，如果我做了，女娲一定会很高兴。他对玉帝说，"玉帝，我

---

[22] 厉害　　lì hai – fierce, powerful
[23] 渴死　　kě sǐ – to die of thirst

juéde wǒ gèng héshì! Shuǐ zhòngyào, huǒ yě hěn zhòngyào a! Rúguǒ méiyǒu huǒ, méiyǒu tàiyáng, zhège shìjiè huì fēicháng fēicháng lěng. Rén huì lěng de shēngbìng. Nǚwā zuò de rén yě xūyào huǒ lái shāo dōngxi chī. Wǎnshang méiyǒu huǒ, shìjiè shì hēi de, rén huì hàipà. Wǒ néng gěi tāmen guāng, gěi tāmen rè. Suǒyǐ, yīnggāi wǒ lái guǎnlǐ tiānqì! Nǚwā yě huì juéde huǒ gèng hǎo!"

Gònggōng tīng le Zhùróng de huà, tèbié shēngqì. Tā shuō, "Lěng le kěyǐ duō chuān yīfu. Dànshì kě le zěnme bàn? Méiyǒu shuǐ, jiùshì sǐlù yì tiáo! Nǐ duì Nǚwā shuō huǒ gèng hǎo, tā bú huì tóngyì de!"

Zhùróng xiàozhe shuō, "Nǐ shuō de bú duì. Méiyǒu huǒ, rén bù néng shāo fàn chī! Tiān hēi le, shénme yě kàn bu jiàn! Huǒ gèng zhòngyào! Nǚwā hěn cōngming, tā zhīdào huǒ

觉得我更合适！水重要，火也很重要啊！如果没有火，没有太阳，这个世界会非常非常冷。人会冷得生病。<u>女娲</u>做的人也需要火来烧东西吃。晚上没有火，世界是黑的，人会害怕。我能给他们光，给他们热。所以，应该我来管理天气！<u>女娲</u>也会觉得火更好！"

<u>共工</u>听了<u>祝融</u>的话，特别生气。他说，"冷了可以多穿衣服。但是渴了怎么办？没有水，就是死路一条！你对<u>女娲</u>说火更好，她不会同意的！"

<u>祝融</u>笑着说，"你说得不对。没有火，人不能烧饭吃！天黑了，什么也看不见！火更重要！<u>女娲</u>很聪明，她知道火

de hǎochù!" Tā shuōhuà de shēngyīn hěn dà, gùyì ràng yuǎnchù de Nǚwā yě néng tīngdào.

Yùdì kànzhe tāmen liǎng gè, shuō, "Nǐmen shuō de dōu méi cuò. Shuǐ zhòngyào, huǒ yě zhòngyào. Zhè zhēnshi yí gè hěn nán de wèntí. Ràng wǒ xiǎng yi xiǎng, guò jǐ tiān zài gàosu nǐmen wǒ de juédìng."

Yùdì zǒu le, bié de shén yě dōu mànman de zǒu le. Dànshì Gònggōng hé Zhùróng méiyǒu zǒu.

Gònggōng kànzhe Zhùróng, lěnglěng de shuō, "Nǐ bú yòng xiǎng le, Yùdì yídìng huì xuǎn wǒ de. Nǚwā yě zhīdào shuǐ zuì zhòngyào."

Zhùróng shuō, "Wèishénme? Yùdì yě shuō huǒ hěn zhòngyào! Wǒ kàn, tā huì xuǎnzé wǒ! Nǚwā gèng xǐhuan guāng

的好处！”他说话的声音很大，故意[24]
让远处的<u>女娲</u>也能听到。

<u>玉帝</u>看着他们两个，说，“你们说的都
没错。水重要，火也重要。这真是一个
很难的问题。让我想一想，过几天再告
诉你们我的决定。”

<u>玉帝</u>走了，别的神也都慢慢地走了。但
是<u>共工</u>和<u>祝融</u>没有走。

<u>共工</u>看着<u>祝融</u>，冷冷地说，“你不用想
了，<u>玉帝</u>一定会选我的。<u>女娲</u>也知道水
最重要。”

<u>祝融</u>说，“为什么？<u>玉帝</u>也说火很重
要！我看，他会选择我！<u>女娲</u>更喜欢光

---

[24] 故意　　gù yì – on purpose

hé rè!”

Gònggōng shuō, “Shuǐ néng ràng dōngxi huó, huǒ néng ma? Bù néng! Shuǐ bǐ huǒ hǎo!”

Zhùróng shuō, “Huǒ néng ràng dōngtiān bù lěng, néng ràng hēiyè yǒu guāng! Shuǐ zuò bu dào! Huǒ bǐ shuǐ hǎo!”

Tāmen nǐ yí jù huà, wǒ yí jù huà, shuō gè bù tíng. Dōu xiǎng zhèngmíng zìjǐ bǐ duìfāng gèng qiángdà, gèng néng dédào Nǚwā de xǐhuan. Shēngyīn yuè lái yuè dà, liǎn yě yuè lái yuè hóng. Qítā de shén yuǎnyuǎn de kànzhe, bù gǎn guòlái.

Nǚwā kànzhe tāmen zhèyàng, xīnli yǒu diǎnr zháojí. Tā bù xǐhuan tāmen zhèyàng chǎo lái chǎo qù.

Gònggōng tūrán dàshēng shuō, “Bié shuō le! Shuō méiyǒu

和热！”

<u>共工</u>说，“水能让东西活，火能吗？不能！水比火好！”

<u>祝融</u>说，“火能让冬天不冷，能让黑夜有光！水做不到！火比水好！”

他们你一句话，我一句话，说个不停。都想证明[25]自己比对方更强大，更能得到<u>女娲</u>的喜欢。声音越来越大，脸也越来越红。其他的神远远地看着，不敢过来。

<u>女娲</u>看着他们这样，心里有点儿着急。她不喜欢他们这样吵来吵去。

<u>共工</u>突然大声说，“别说了！说没有

---

[25] 证明　zhèng míng – to prove

yòng! Wǒmen bǐ yi bǐ! Shuí yíng le, shuí jiù néng guǎnlǐ tiānqì! Nǚwā yě huì zhīdào shuí gèng qiángdà!"

Zhùróng yě dàshēng shuō, "Hǎo! Bǐ jiù bǐ! Shuí pà shuí! Ràng Nǚwā kànkan shuí zuì lìhai! Wǒmen míngtiān qù Tiānchí bǐ!"

"Hǎo! Míngtiān Tiānchí jiàn!" Gònggōng shuō wán, kàn yě bú kàn Zhùróng, jiù zǒu le. Zhùróng yě shēngqì de zǒu le.

Dì èr tiān, Gònggōng hé Zhùróng zhēn de lái dào le Tiānchí biān. Tiānchí shì tiānshàng zuì dà zuì piàoliang de hú, lǐmiàn de shuǐ yòu qīng yòu lán. Hěnduō bié de shén yě lái kàn tāmen bǐsài. Nǚwā yě lái le, tā zhàn zài yuǎnchù, hěn dānxīn de kànzhe. Tā xīwàng tāmen zhǐshì bǐ yi bǐ,

用！我们比一比！谁赢[26]了，谁就能管理天气！女娲也会知道谁更强大！"

祝融也大声说，"好！比就比！谁怕谁！让女娲看看谁最厉害！我们明天去天池[27]比！"

"好！明天天池见！"共工说完，看也不看祝融，就走了。祝融也生气地走了。

第二天，共工和祝融真的来到了天池边。天池是天上最大最漂亮的湖[28]，里面的水又清又蓝。很多别的神也来看他们比赛。女娲也来了，她站在远处，很担心地看着。她希望他们只是比一比，

---

26 赢　　yíng – to win
27 天池　Tiān chí – Heavenly Lake
28 湖　　hú – lake

búyào zhēn de shēngqì dǎ qǐlái.

Gònggōng duì Zhùróng shuō, "Nǐ xiān lái ba."

Zhùróng diǎndian tóu. Tā xiǎng, wǒ yào ràng Nǚwā kànkan wǒ de huǒ yǒu duō lìhai. Tā shēnshēn de xī le yì kǒu qì, ránhòu zhāngkāi zuǐba, duìzhe Tiānchí de shuǐmiàn chuī qì. Bú shì pǔtōng de qì, shì fēicháng rè de qì. Rèqì dào le shuǐ lǐ, Tiānchí de shuǐ mǎshàng kāishǐ xiǎng, shuǐmiàn shàng chūlái hěnduō báisè de qì, shuǐ biàn de yuè lái yuè rè, hǎoxiàng yào kāi le yíyàng. Pángbiān de shén kàn le, dōu juéde Zhùróng hěn lìhai. Zhùróng kàn le kàn yuǎnchù de Nǚwā, hěn déyì.

Gònggōng kàn le, méi shuōhuà, zhǐshì lěngxiào le yì shēng. Tā xiǎng, zhè bú suàn shénme, kàn wǒ de shuǐ! Tā

不要真的生气打起来。

<u>共工</u>对<u>祝融</u>说，"你先来吧。"

<u>祝融</u>点点头。他想，我要让<u>女娲</u>看看我的火有多厉害。他深深地吸了一口气，然后张开嘴巴，对着<u>天池</u>的水面吹气。不是普通的气，是非常热的气。热气到了水里，<u>天池</u>的水马上开始响，水面上出来很多白色的气，水变得越来越热，好像要开了一样。旁边的神看了，都觉得<u>祝融</u>很厉害。<u>祝融</u>看了看远处的<u>女娲</u>，很得意[29]。

<u>共工</u>看了，没说话，只是冷笑了一声。他想，这不算什么，看我的水！他

---

[29] 得意　dé yì – proud/complacent

shēn chū shǒu, duìzhe rèshuǐ dòng le dòng shǒuzhǐ.

Tūrán, Tiānchí lǐ hěn dà de yí piàn shuǐ fēi le qǐlái, zài kōngzhōng biànchéng le yì tiáo dà yú de yàngzi! Zhè tiáo shuǐ zuò de dà yú, zhāngzhe dà zuǐba, hěn kuài xiàng Zhùróng fēi le guòqù.

Zhùróng méi xiǎngdào Gònggōng huì yòng zhège bànfǎ. Tā xiǎng duǒkāi, dànshì tài wǎn le. Dà shuǐ yú yíxiàzi dǎdào le tā shēnshang! Zhùróng quánshēn dōu shī le, shēnshang de huǒ yě biàn xiǎo le. Tā juéde hěn lěng, hěn bù shūfu, yě fēicháng shēngqì. Tā juéde Gònggōng shì gùyì de, ràng tā zài Nǚwā miànqián méiyǒu miànzi.

"Gònggōng! Nǐ zhè shì bǐsài ma? Nǐ shì zài dǎ wǒ!" Zhùróng dàjiào qǐlái, tā shēnshang de huǒ yòu yí

伸[30]出手，对着热水动了动手指。

突然，<u>天池</u>里很大的一片水飞了起来，在空中变成了一条大鱼的样子！这条水做的大鱼，张着大嘴巴，很快向<u>祝融</u>飞了过去。

<u>祝融</u>没想到<u>共工</u>会用这个办法。他想躲开，但是太晚了。大水鱼一下子打到了他身上！<u>祝融</u>全身都湿了，身上的火也变小了。他觉得很冷，很不舒服，也非常生气。他觉得<u>共工</u>是故意的，让他在<u>女娲</u>面前没有面子。

"<u>共工</u>！你这是比赛吗？你是在打我！"<u>祝融</u>大叫起来，他身上的火又一

---

[30] 伸　　shēn – to stretch, to reach

xiàzi biàn dà le, bǐ gāngcái hái dà! Dàhuǒ cóng tā
shǒu lǐ chūlái, xiàng Gònggōng fēi guòqù!

Gònggōng hěn kuài tiào dào yìbiān, cái méiyǒu bèi
huǒ dǎdào. Kěshì dàhuǒ dǎdào le pángbiān de yì kē
dà shù shàng, shù mǎshàng shāo le qǐlái!

"Nǐ kàn!" Zhùróng xiàozhe shuō. "Huǒ bǐ shuǐ gèng
lìhai ba!"

Zhè xià, liǎng gè dàshén zhēn de shēngqì le, tāmen
zài Tiānchí biān dǎ le qǐlái! Gònggōng yòng dàshuǐ,
shuǐ xiàng dà yǔ yíyàng bù tíng de xiàng Zhùróng dǎ
guòqù. Zhùróng yòng dàhuǒ, huǒ xiàng hóngsè de
cháng shé yíyàng xiàng Gònggōng fēi guòqù. Shuǐ
dǎdào huǒ shàng, biànhuà chéng hěnduō bái qì.
Huǒ dǎdào shuǐ shàng, shuǐ yě fāchū hěn dà de
xiǎngshēng.

Tāmen dǎ de fēicháng lìhai. Tiānchí de shuǐ fēi dào
tiānshàng, yòu diào xiàlái, xiàng xià dà yǔ. Tiānshàng
de yún yě

下子变大了，比刚才还大！大火从他手里出来，向共工飞过去！

共工很快跳到一边，才没有被火打到。可是大火打到了旁边的一棵大树上，树马上烧了起来！

"你看！"祝融笑着说。"火比水更厉害吧！"

这下，两个大神真的生气了，他们在天池边打了起来！共工用大水，水像大雨一样不停地向祝融打过去。祝融用大火，火像红色的长蛇一样向共工飞过去。水打到火上，变化成很多白气。火打到水上，水也发出很大的响声。

他们打得非常厉害。天池的水飞到天上，又掉下来，像下大雨。天上的云也

bèi Zhùróng de huǒ shāo de biàn le yánsè. Pángbiān
kàn de shén dōu xiàhuài le.

Nǚwā kàndào tāmen zhēn de dǎ qǐlái le, fēicháng
zháojí. Tā dàjiào, "Bié dǎ le! Kuài tíng xiàlái! Nǐmen
shì tiānshàng de dàshén, yīnggāi bāngzhù rén,
búyào dǎ le!"

Liǎng wèi shén dōu tīngdào le Nǚwā de shēngyīn.
Tāmen dōu xǐhuan Nǚwā, bùxiǎng ràng tā shēngqì,
suǒyǐ jiù tíng le xiàlái, dànshì shuí yě méiyǒu bǎ
duìfāng fàng zài yǎn lǐ.

Jiù zhèyàng guò le jǐ tiān. Yùdì zhōngyú xiǎng hǎo le.
Tā bǎ Gònggōng hé Zhùróng yòu jiào lái le.

Yùdì shuō, "Wǒ xiǎng hǎo le. Zhùróng, nǐ lái zuò
guǎnlǐ tiānqì de shén ba."

被<u>祝融</u>的火烧得变了颜色。旁边看的神都吓坏了。

<u>女娲</u>看到他们真的打起来了，非常着急。她大叫，"别打了！快停[31]下来！你们是天上的大神，应该帮助人，不要打了！"

两位神都听到了<u>女娲</u>的声音。他们都喜欢<u>女娲</u>，不想让她生气，所以就停了下来，但是谁也没有把对方放在眼里。

就这样过了几天。<u>玉帝</u>终于想好了。他把<u>共工</u>和<u>祝融</u>又叫来了。

<u>玉帝</u>说，"我想好了。<u>祝融</u>，你来做管理天气的神吧。"

---

[31] 停　　　tíng – stop

Zhùróng tīng le, fēicháng gāoxìng, tōutōu kàn le
Nǚwā yì yǎn, jiù xiàng zài shuō, "Nǐ kàn, wǒ yíng le!"

Gònggōng tīngdào zhège juédìng, tèbié shēngqì,
yǎnjing biàn hóng le. Shēntǐ dōu zài dòng, měi yì gēn
tóufa dōu yào zhàn qǐlái le. Tā yòu xiǎng qù dǎ
Zhùróng, dànshì Yùdì zài nàlǐ, tā bù gǎn dòngshǒu.

"Wèishénme?" Gònggōng dàshēng wèn Yùdì,
shēngyīn hěn dà hěn dà. "Wèishénme shì tā?
Wèishénme bú shì wǒ?! Shuǐ duì rén bù hǎo ma?
Nǚwā bù xǐhuan shuǐ ma?"

Yùdì kànzhe shēngqì de Gònggōng, mànman shuō,
"Zhùróng de huǒ, kěyǐ gěi shìjiè dàilái guāng hé rè.
Zhège duì rén hěn zhòngyào. Shuǐ yě hěn zhòngyào,
dànshì……" Yù

祝融听了，非常高兴，偷偷[32]看了女娲一眼，就像在说，"你看，我赢了！"

共工听到这个决定，特别生气，眼睛变红了。身体都在动，每一根头发都要站起来了。他又想去打祝融，但是玉帝在那里，他不敢动手。

"为什么？"共工大声问玉帝，声音很大很大。"为什么是他？为什么不是我？！水对人不好吗？女娲不喜欢水吗？"

玉帝看着生气的共工，慢慢说，"祝融的火，可以给世界带来光和热。这个对人很重要。水也很重要，但是……"玉

---

[32] 偷偷　　tōu tōu – secretly

dì tíng le yíxià, shuō, "Dànshì, tài duō de shuǐ, huì ràng dìshàng de rénmen, ràng Nǚwā de háizimen hàipà."

Tīngdào Yùdì zhèyàng shuō, hái tídào Nǚwā, Gònggōng de shēntǐ dòng de gèng lìhai le. Tā juéde Yùdì bù xuǎn tā, Nǚwā kěnéng yě bù xǐhuan tā le. Tā fēicháng shēngqì de kàn le Zhùróng yì yǎn, yòu hěn kuài de, hěn nánguò de kàn le Nǚwā yì yǎn, dàjiào yì shēng, "Bù gōngpíng! Zhè bù gōngpíng!" Ránhòu, tā shénme huà yě méi shuō, yíxiàzi zhuǎnshēn, xiàng yí zhèn dàfēng yíyàng, fēikuài de pǎo zǒu le.

Tiānshàng zhǐ liúxià dānxīn de Nǚwā, gāoxìng de Zhùróng, hé bù zhīdào shuō shénme hǎo de Yùdì.

帝停了一下，说，"但是，太多的水，会让地上的人们，让女娲的孩子们害怕。"

听到玉帝这样说，还提到女娲，共工的身体动得更厉害了。他觉得玉帝不选他，女娲可能也不喜欢他了。他非常生气地看了祝融一眼，又很快地、很难过地看了女娲一眼，大叫一声，"不公平！这不公平！"然后，他什么话也没说，一下子转身[33]，像一阵大风一样，飞快地跑走了。

天上只留下担心的女娲，高兴的祝融，和不知道说什么好的玉帝。

---

33 转身　　zhuǎn shēn – to turn around

Yòu shēngqì yòu nánguò de Gònggōng huì zuò chū

shénme shìqing ne?

又生气又难过的<u>共工</u>会做出什么事情呢？

Dì Wǔ Zhāng:

Tiān Huài le, Dì Yě Huài le

Gònggōng fēicháng shēngqì de pǎo zǒu le. Tā xīnli hěn bù gāoxìng, yě hěn nánguò. Tā xiǎng, "Yùdì bù xuǎn wǒ. Shì bu shì Nǚwā yě bù xǐhuan wǒ le? Tāmen dōu juéde huǒ bǐ shuǐ hǎo? Bù xíng! Wǒ yào zuò yí jiàn dàshì! Wǒ yào ràng tiān hé dì dōu zhīdào, wǒ Gònggōng de shuǐ, cái shì zuì zhòngyào de!"

Tā shēngqì de fēizhe, kàndào yuǎnchù nà zuò zuì gāo de dàshān——Bùzhōu Shān.

Bùzhōu Shān hěn zhòngyào. Tā hěn gāo hěn dà, zài tiān hé dì zhōngjiān, xiàng yì gēn dà zhùzi. Tā ràng tiān bú huì diào xiàlái.

第五章：
天坏了，地也坏了

共工非常生气地跑走了。他心里很不高兴，也很难过。他想，"玉帝不选我。是不是女娲也不喜欢我了？他们都觉得火比水好？不行！我要做一件大事！我要让天和地都知道，我共工的水，才是最重要的！"

他生气地飞着，看到远处那座最高的大山——不周山[34]。

不周山很重要。它很高很大，在天和地中间，像一根大柱子[35]。它让天不会掉下来。

---

[34] 不周山　Bù Zhōu Shān – Mount Buzhou (literally, "unrevolved mountain), a mythological mountain near today's Pamir Mountains
[35] 柱子　　zhù zi – pillar

Gònggōng kànzhe Bùzhōu Shān, yǒu le yí gè huài diǎnzi. "Rúguǒ zhè zuò shān dǎo le, tiān huài le, kàn nǐmen zěnme bàn!"

Nǚwā kàndào Gònggōng xiàng Bùzhōu Shān fēi qù, tā xīnli yì jí. "Bù hǎo! Tā yào zhuàng shān!"

Tā mǎshàng dàjiào, "Gònggōng! Búyào qù! Kuài tíng xiàlái!" Tā xiǎng fēi guòqù ràng tā tíng xiàlái.

Dànshì Gònggōng fēi de tài kuài le, tā yuè lái yuè shēngqì, méiyǒu tīngdào Nǚwā de huà.

"Tíng xià! Gònggōng!" Nǚwā yòng zuì dà de shēngyīn jiào tā.

Kěshì, tài wǎn le.

共工看着<u>不周山</u>，有了一个坏点子。

"如果这座山倒[36]了，天坏了，看你们怎么办！"

<u>女娲</u>看到<u>共工</u>向<u>不周山</u>飞去，她心里一急。"不好！他要撞[37]山！"

她马上大叫，"<u>共工</u>！不要去！快停下来！"她想飞过去让他停下来。

但是<u>共工</u>飞得太快了，他越来越生气，没有听到<u>女娲</u>的话。

"停下！<u>共工</u>！"<u>女娲</u>用最大的声音叫他。

可是，太晚了。

---

36 倒　　dǎo – to fall over
37 撞　　zhuàng – to crash into

Gònggōng yòng quánshēn de lìqi, yíxiàzi zhuàng zài le Bùzhōu Shān shàng!

Bùzhōu Shān fāchū yì shēng tèbié dà de xiǎngshēng, tiān hé dì dōu dòng le dòng.

Bùzhōu Shān bù tíng de dòng lái dòng qù, shān shàng de shítou kāishǐ diào xiàlái. Ránhòu, zhè zuò dàshān, mànman de wǎng xià dǎo!

"Bù——!" Nǚwā dàjiào.

"Hōnglōnglōng!" Bùzhōu Shān zhēn de dǎo le!

Shān yì dǎo, tiān hé dì jiù dōu huài le.

Tiān de nà biān, pò le yí gè dàdòng. Hēisè de fēng

共工用全身的力气，一下子撞在了不周山上！

不周山发出一声特别大的响声，天和地都动了动。

不周山不停地动来动去，山上的石头开始掉下来。然后，这座大山，慢慢地往下倒！

"不——！"女娲大叫。

"轰隆隆[38]！"不周山真的倒了！

山一倒，天和地就都坏了。

天的那边，破[39]了一个大洞[40]。黑色的风

---

38 轰隆隆　hōng lōng lōng – rumble (onomatopoeia)
39 破　　　pò – to break
40 洞　　　dòng – hole, cave

cóng dòng lǐ chuī chūlái. Tiān kāishǐ xiàng xià diào, hěn kuài jiù yào pèng dào dì le. Tiān bú zài shì lánsè de le.

Dì yě huài le. Dìshàng yě chūxiàn le hěnduō dàdòng. Yǒu de dòng hěn cháng, yǒu de dòng hěn shēn. Shùmù hé fángzi dōu diào jìn le dòng lǐ. Hái yǒu hěnduō hēisè de shuǐ cóng dòng lǐ chūlái.

Tiānshàng de tàiyáng hé yuèliang yě biàn le. Yǒu shíhou tiānshàng yǒu liǎng gè tàiyáng, rè de rén shòu bu liǎo. Yǒu shíhou wǎnshang méiyǒu yuèliang, tiān hēi de shénme yě kàn bu jiàn. Yǒu de dìfāng fēicháng lěng, xiàng dōngtiān yíyàng.

Nǚwā kànzhe tiānshàng de dàdòng, kànzhe dìshàng de dàdòng, kànzhe hàipà de rén, tā fēicháng nánguò, xīnli tèbié téng."Gònggōng, nǐ wèishénme yào zhuàng Bùzhōu Shān

从洞里吹出来。天开始向下掉，很快就要碰到地了。天不再是蓝色的了。

地也坏了。地上也出现了很多大洞。有的洞很长，有的洞很深[41]。树木和房子都掉进了洞里。还有很多黑色的水从洞里出来。

天上的太阳和月亮也变了。有时候天上有两个太阳，热得人受不了[42]。有时候晚上没有月亮，天黑得什么也看不见。有的地方非常冷，像冬天一样。

<u>女娲</u>看着天上的大洞，看着地上的大洞，看着害怕的人，她非常难过，心里特别疼。"<u>共工</u>，你为什么要撞<u>不周山</u>

---

41 深　　　shēn – deep
42 受不了　shòu bu liǎo – can't stand it

a?" tā wèn.

Tā xiǎng zhǎo Gònggōng, dànshì Gònggōng bújiàn le. Zhùróng yě bújiàn le.

Nǚwā qù zhǎo Yùdì. "Tiāndì, Bùzhōu Shān dǎo le, tiān pò le! Zěnme bàn a?"

Yùdì yě hěn zháojí. "Ā ya, Gònggōng zuò le huàishì! Wǒ yě méiyǒu bànfǎ. Méiyǒu bié de shān kěyǐ fàng zài nàlǐ le."

Nǚwā shuō, "Nà wǒ yào xiān qù kànkan dìshàng de rén."

Nǚwā kuàikuài de fēi xiàng dìshàng. Tā kàndào de shìjiè, hé yǐqián tài bù yíyàng le.

Hěnduō cūnzi lǐ de fángzi dōu dǎo le. Tiándì lǐ méiyǒu shuǐ, dì dōu gān le.

啊？”她问。

她想找共工，但是共工不见了。祝融也不见了。

女娲去找玉帝。“天帝，不周山倒了，天破了！怎么办啊？”

玉帝也很着急。“啊呀，共工做了坏事！我也没有办法。没有别的山可以放在那里了。”

女娲说，“那我要先去看看地上的人。”

女娲快快地飞向地上。她看到的世界，和以前太不一样了。

很多村子里的房子都倒了。田地里没有水，地都干了。

Tā lái dào bié de cūnzi. Zhèlǐ yǐqián hěn hǎo, xiànzài dàochù dōu shì dàshuǐ. Rénmen zài shuǐ lǐ kū, yǒu de rén pá dào gāo yìdiǎnr de fángzi shàng.

"Nǚwā māma!" Yǒu rén kàndào tā. "Kuài bāngbang wǒmen!"

Nǚwā hěn nánguò. Tā fēi le xiàqù. Tā ràng shuǐ lǐ de dà shù zhǎng de gèng gāo. Tā bǎ dà shítou fàng zài shuǐ lǐ, xiàng xiǎo chuán yíyàng.

"Kuài! Dào shù shàng lái! Dào shítou shàng lái!"

Rénmen pá le shàngqù.

Yí gè xiǎo nǚhái kūzhe shuō, "Nǚwā māma, wǒ zhǎo bu dào māma le!"

她来到别的村子。这里以前很好，现在到处都是大水。人们在水里哭，有的人爬到高一点儿的房子上。

"女娲妈妈！"有人看到她。"快帮帮我们！"

女娲很难过。她飞了下去。她让水里的大树长得更高。她把大石头放在水里，像小船一样。

"快！到树上来！到石头上来！"
人们爬了上去。

一个小女孩哭着说，"女娲妈妈，我找不到妈妈了！"

Nǚwā bào qǐ xiǎo nǚhái. "Bié kū, nǐ māma zhǎng shénme yàng?"

"Cháng tóufa, hóng yīfu."

Nǚwā bàozhe tā fēi dào gāochù. Tā kàndào yuǎnchù yí zuò xiǎoshān shàng, yǒu yí gè chuān hóng yīfu de nǚrén zài jiào.

"Nà shì nǐ māma ma?" Nǚwā zhǐzhe nàge nǚrén wèn nǚhái.

"Shì de! Shì wǒ māma!"

Nǚwā bǎ xiǎo nǚhái sòng huí le māma shēnbiān. Māma kūzhe shuō, "Xièxie nín, Nǚwā māma!"

Nǚwā duì shān shàng de rén shuō, "Nǐmen xiān zài zhèlǐ, búyào zǒukāi. Děng shuǐ shǎo le zài huíqù."

女娲抱[43]起小女孩。"别哭，你妈妈长什么样？"

"长头发，红衣服。"

女娲抱着她飞到高处。她看到远处一座小山上，有一个穿红衣服的女人在叫。

"那是你妈妈吗？"女娲指着那个女人问女孩。

"是的！是我妈妈！"

女娲把小女孩送回了妈妈身边。妈妈哭着说，"谢谢您，女娲妈妈！"

女娲对山上的人说，"你们先在这里，不要走开。等水少了再回去。"

---

[43] 抱　　bào – to hug, to hold

Rénmen diǎndian tóu.

Nǚwā yòu fēi xiàng bié de dìfāng. Tā kàndào
tiānshàng nàge dàdòng lǐ, yǒu shítou diào xiàlái, hái
yǒu yìxiē hěn qíguài, hěn kěpà de dōngxi fēi le
chūlái!

Shì yìxiē hěn dà hěn dà de dòngwù! Yǒu de yá hěn
cháng, yǒu de shǒu hěn cháng. Tāmen cóng
tiānshàng fēi dào dìshàng, hái chī rén!

Nǚwā zhīdào, zhèxiē dòngwù shì cóng bié de shìjiè
fēi lái de. Yīnwèi tiān pò le, suǒyǐ tāmen cái néng
jìnlái.

Tā kàndào yì zhī dà niǎo, zuǐ lǐ yǒu yí gè xiǎo nánhái.
Dà niǎo kàndào Nǚwā, zhāngkāi dà zuǐ, guài jiào yì
shēng, fēi zǒu le. Nǚwā jiē zhù le kōngzhōng de xiǎo
nánhái, bǎ tā sòng huí dìshàng.

"Nǚwā māma lái le!" Rénmen jiào qǐlái. "Tiān

人们点点头。

女娲又飞向别的地方。她看到天上那个大洞里，有石头掉下来，还有一些很奇怪、很可怕的东西飞了出来！

是一些很大很大的动物！有的牙很长，有的手很长。它们从天上飞到地上，还吃人！

女娲知道，这些动物是从别的世界飞来的。因为天破了，所以它们才能进来。

她看到一只大鸟，嘴里有一个小男孩。大鸟看到女娲，张开大嘴，怪叫一声，飞走了。女娲接住了空中的小男孩，把他送回地上。

"女娲妈妈来了！"人们叫起来。"天

shàng de huài dòngwù yuè lái yuè duō le!"

Nǚwā duì rénmen shuō, "Kuài duǒ qǐlái! Búyào ràng tāmen kàndào nǐmen!"

Rénmen mǎshàng zhǎo dìfāng duǒ qǐlái. Nǚwā fēi shàng tiān, duì nàxiē dòngwù shuō, "Zhèlǐ bú shì nǐmen de dìfāng! Kuài huíqù!"

Dànshì dòngwù tài duō le, tā yí gè rén gǎn bu zǒu tāmen.

Tā fēi dào yí zuò shān shàng, kàndào yìxiē rén zài yòng mù bàng hé shítou dǎ yì tiáo dà gǒu. Nà tiáo gǒu yě shì cóng tiānshàng lái de, yǐjīng chī le hǎo jǐ gè rén.

"Wǒ lái bāng nǐmen!" Nǚwā fēi guòqù, bǎ dà gǒu

上的坏动物越来越多了！"

<u>女娲</u>对人们说，"快躲[44]起来！不要让它们看到你们！"

人们马上找地方躲起来。<u>女娲</u>飞上天，对那些动物说，"这里不是你们的地方！快回去！"

但是动物太多了，她一个人赶[45]不走它们。

她飞到一座山上，看到一些人在用木棒和石头打一条大狗。那条狗也是从天上来的，已经吃了好几个人。

"我来帮你们！"<u>女娲</u>飞过去，把大狗

---

44 躲　　　duǒ – to hide
45 赶　　　gǎn – to chase away

gǎn pǎo le.

Rénmen shuō, "Xièxie nín! Zhèxiē tiān lái le hǎoduō huài dòngwù, tāmen chī wǒmen de dōngxi, hái chī wǒmen de háizi!"

Nǚwā diǎndian tóu. "Zhèxiē dòngwù shì cóng tiānshàng de dòng lǐ lái de. Wǒ bìxū yào bǎ tiānshàng de dòng xiūhǎo. Dòng xiūhǎo le, tāmen jiù huì huíqù le."

Yí gè rén wèn, "Tiān néng xiūhǎo ma? Bùzhōu Shān dǎo le, yòng shénme ràng tiān bú diào xiàlái ne?"

Nǚwā huídá, "Shuō zhēn de, zhè hěn nán. Dànshì wǒ yídìng huì nǔlì xiǎng bànfǎ. Nǐmen yào xiāngxìn wǒ."

Tā kànzhe dìshàng de dàshuǐ, tiānshàng de dàdòng, xīnli hěn dānxīn. "Wǒ bìxū kuài diǎn er! Wǒ bìxū bāngzhù

赶跑了。

人们说，"谢谢您！这些天来了好多坏动物，它们吃我们的东西，还吃我们的孩子！"

<u>女娲</u>点点头。"这些动物是从天上的洞里来的。我必须要把天上的洞修[46]好。洞修好了，它们就会回去了。"

一个人问，"天能修好吗？<u>不周山</u>倒了，用什么让天不掉下来呢？"

<u>女娲</u>回答，"说真的，这很难。但是我一定会努力想办法。你们要相信我。"

她看着地上的大水，天上的大洞，心里很担心。"我必须快点儿！我必须帮助

---

[46] 修　　　xiū – to repair, to fix

rénmen!"

Tā duì rénmen shuō, "Nǐmen zhǎo ānquán de dìfāng děngzhe. Xiāngxìn wǒ, wǒ huì huílái xiūhǎo tiān de!"

Shuō wán, Nǚwā fēi xiàng tiānshàng. Tā yào qù xiǎng bànfǎ, xiǎng zěnme cái néng bǎ zhège huài le de tiān xiūhǎo.

人们！”

她对人们说，“你们找安全的地方等着。相信我，我会回来修好天的！”

说完，<u>女娲</u>飞向天上。她要去想办法，想怎么才能把这个坏了的天修好。

Dì Liù Zhāng:

Zhǎo Xiū Tiān de Bànfǎ

Nǚwā xiān fēi dào dǎo le de Bùzhōu Shān pángbiān.
Shān tài dà le, shān shàng de dà shítou yě dōu diào
le xiàlái. Nǚwā shìzhe yòng shǒu qù bān shítou.
Dànshì, dà shítou tài zhòng le, tā yí gè rén bān bú
dòng, tā zhǐ néng bān xiǎo shítou.

"Bù xíng," Nǚwā xiǎng, "zhèyàng bān tài màn le. Wǒ
xūyào xiǎng yí gè bié de bànfǎ."

Tā zhǎo le yí kuài gānjìng de dà shítou zuò xiàlái. Tā
tái qǐ tóu, kànzhe tiānshàng nàge dàdà de, hēisè de
dòng. Fēng cóng dòng lǐ chuī chūlái, hěn lěng. Tiān
hái zài yìdiǎnr yìdiǎnr de xiàng xià diào.

第六章：
找修天的办法

<u>女娲</u>先飞到倒了的<u>不周山</u>旁边。山太大了，山上的大石头也都掉了下来。<u>女娲</u>试着用手去搬石头。但是，大石头太重了，她一个人搬不动，她只能搬小石头。

"不行，"<u>女娲</u>想，"这样搬太慢了。我需要想一个别的办法。"

她找了一块干净的大石头坐下来。她抬[47]起头，看着天上那个大大的、黑色的洞。风从洞里吹出来，很冷。天还在一点儿一点儿地向下掉。

---

[47] 抬　　　tái – to lift, to raise

"Wǒ yídìng yào bǎ tiānshàng de dòng xiūhǎo,"
Nǚwā xīnli hěn qīngchǔ. "Dànshì, yòng shénme
dōngxi lái xiū ne?"

Tā xiǎng le hěnduō hěnduō bànfǎ.

"Yòng bié de dà shítou xíng ma?" Tā wèn zìjǐ. "Bù
xíng, shítou tài zhòng le, fàng zài tiānshàng kěnéng
huì diào xiàlái, dǎ dào dìshàng de rén."

"Yòng mùtou ne?" Tā yòu xiǎng, "Yě bù xíng.
Zhùróng de huǒ hái méi tíng ne. Mùtou fàng zài
tiānshàng, kěnéng huì shāo qǐlái."

"Nà yòng shuǐ ne?" Tā kànzhe dìshàng hái zài xiàng
shàng mào shuǐ de dòng. "Gèng bù xíng le. Shuǐ shì
dòng de, tā

"我一定要把天上的洞修好，"女娲心里很清楚。"但是，用什么东西来修呢？"

她想了很多很多办法。

"用别的大石头行吗？"她问自己。
"不行，石头太重了，放在天上可能会掉下来，打到地上的人。"

"用木头呢？"她又想。"也不行。祝融的火还没停呢。木头放在天上，可能会烧起来。"

"那用水呢？"她看着地上还在向上冒[48]水的洞。"更不行了。水是动的，它

---

[48] 冒　　　mào – to emit, to risk

huì cóng tiānshàng liú xiàlái, bù néng bǎ dòng dǔ
zhù."

Nǚwā xiǎng a xiǎng, xiǎng le hěnjiǔ, háishi méiyǒu
xiǎngdào hǎo bànfǎ. Tā fēicháng zháojí. Tiānshàng
de dòng yuè lái yuè dà, dìshàng de rénmen yuè lái
yuè wēixiǎn le.

Jiù zài zhège shíhou, yì zhī xiǎo niǎo fēi le guòlái,
tíng zài Nǚwā de pángbiān. Zhè zhī xiǎo niǎo rènshi
Nǚwā, tā bú pà Nǚwā.

"Nǚwā māma," xiǎo niǎo wèn tā, "nín zěnme zuò zài
zhèlǐ? Nín kàn qǐlái hěn nánguò."

Nǚwā kànzhe xiǎo niǎo shuō, "A, nǐ kàn tiānshàng
de nàge dàdòng. Tiān pò le, wǒ yào bǎ tā xiūhǎo.
Kěshì, wǒ bù zhīdào yòng shénme dōngxi cái néng
xiūhǎo

会从天上流[49]下来，不能把洞堵[50]住。"

女娲想啊想，想了很久，还是没有想到好办法。她非常着急。天上的洞越来越大，地上的人们越来越危险了。

就在这个时候，一只小鸟飞了过来，停在女娲的旁边。这只小鸟认识女娲，它不怕女娲。

"女娲妈妈，"小鸟问她，"您怎么坐在这里？您看起来很难过。"

女娲看着小鸟说，"啊，你看天上的那个大洞。天破了，我要把它修好。可是，我不知道用什么东西才能修好

---

[49] 流　　liú – to flow
[50] 堵　　dǔ – to block

tā."

Xiǎo niǎo tīng le, tóu dòng le dòng, xiǎng le xiǎng, ránhòu shuō, "Nǚwā māma, wǒ yǐqián tīng bié de niǎo shuōguò. Zài hěn yuǎn hěn yuǎn de dōngbian, yǒu yí zuò dàshān. Nà zuò shān lǐmiàn, yǒu yì zhǒng tèbié de shítou."

"Tèbié de shítou?" Nǚwā wèn. "Shénme yàng de shítou?"

"Shì wǔ zhǒng yánsè de shítou," xiǎo niǎo shuō. "Yǒu hóng de, yǒu huáng de, yǒu lán de, yǒu bái de, hái yǒu hēi de, dōu zài yí kuài shítou shàng. Tāmen shuō, nà zhǒng shítou hěn tèbié, fàng zài huǒ lǐ shāo yě bú huì huài, fàng zài shuǐ lǐ yě bú huì liú zǒu. Kěnéng nà zhǒng shítou kěyǐ xiū tiān?"

Nǚwā tīng le xiǎo niǎo de huà, yǎnjing yíxiàzi liàng le qǐlái! "Wǔ zhǒng yánsè de shítou? Zhēn de yǒu zhèyàng de

它。"

小鸟听了，头动了动，想了想，然后说，"女娲妈妈，我以前听别的鸟说过。在很远很远的东边，有一座大山。那座山里面，有一种特别的石头。"

"特别的石头？"女娲问。"什么样的石头？"

"是五种颜色的石头，"小鸟说。"有红的，有黄的，有蓝的，有白的，还有黑的，都在一块石头上。他们说，那种石头很特别，放在火里烧也不会坏，放在水里也不会流走。可能那种石头可以修天？"

女娲听了小鸟的话，眼睛一下子亮了起来！"五种颜色的石头？真的有这样的

shítou ma? Zài nǎlǐ?"

"Zhēnde, zài dōngbian de dàshān lǐ," xiǎo niǎo diǎndian tóu. "Wǒ kěyǐ dài nín qù!"

Nǚwā mǎshàng zhàn le qǐlái. "Tài hǎo le! Wǒmen xiànzài jiù qù!" Tā duì xiǎo niǎo shuō,"Tiānshàng de dòng bù néng zài děng le, wǒmen bìxū kuài diǎnr!"

Nǚwā hé xiǎo niǎo yìqǐ, xiàngzhe dōngbian de dàshān fēi qù.

Yí lùshàng, Nǚwā kàndào dìshàng gèng huài le. Dìshàng de dàdòng gèng duō le, shuǐ yě gèng dà le. Nàxiē cóng tiānshàng dòng lǐ pǎo chūlái de huài dòngwù, hái zài dìshàng pǎo lái pǎo qù, bèi chīdiào de rén yuè lái yuè duō le. Nǚwā xīnli gèng jí le.

"Xiǎo niǎo, zài kuài yìdiǎnr!" Nǚwā shuō.

石头吗？在哪里？"

"真的，在东边的大山里，"小鸟点点头。"我可以带您去！"

女娲马上站了起来。"太好了！我们现在就去！"她对小鸟说，"天上的洞不能再等了，我们必须快点儿！"

女娲和小鸟一起，向着东边的大山飞去。

一路上，女娲看到地上更坏了。地上的大洞更多了，水也更大了。那些从天上洞里跑出来的坏动物，还在地上跑来跑去，被吃掉的人越来越多了。女娲心里更急了。

"小鸟，再快一点儿！"女娲说。

Tāmen fēi le hěn cháng shíjiān, fēi guò gāoshān, fēi guò dàhé. Zhōngyú, tāmen lái dào le dōngbian de nà zuò dàshān. Shān shàng yǒu hěnduō shù, yě yǒu hěnduō shítou.

"Wǒmen dào le," xiǎo niǎo shuō. "Wǒ tīngshuō de Wǔsèshí jiù zài zhè zuò shān shàng. Wǒmen zhǎozhao kàn ba."

Nǚwā diǎndian tóu. Tā hé xiǎo niǎo kāishǐ zài shān shàng rènzhēn de zhǎo shítou. Tāmen kàndào le hěnduō hěnduō shítou. Báisè de shítou, hēisè de shítou, hóngsè de shítou……gè zhǒng gè yàng de shítou dōu yǒu, dànshì, jiùshì méiyǒu kàndào yí kuài shítou shàng yǒu wǔ zhǒng yánsè.

Tāmen zhǎo le hěnjiǔ, cóng shān de zhè biān zhǎodào shān de nà biān, háishi méiyǒu zhǎodào.

"Qíguài," xiǎo niǎo shuō."Wǒ tīngshuō de méi cuò a, Wǔsèshí yīnggāi jiù zài zhèlǐ. Zěnme huì zhǎo bu dào ne?"

他们飞了很长时间，飞过高山，飞过大河。终于，他们来到了东边的那座大山。山上有很多树，也有很多石头。

"我们到了，"小鸟说。"我听说的<u>五色石</u>就在这座山上。我们找找看吧。"

<u>女娲</u>点点头。她和小鸟开始在山上认真地找石头。他们看到了很多很多石头。白色的石头，黑色的石头，红色的石头……各种各样的石头都有，但是，就是没有看到一块石头上有五种颜色。

他们找了很久，从山的这边找到山的那边，还是没有找到。

"奇怪，"小鸟说。"我听说的没错啊，<u>五色石</u>应该就在这里。怎么会找不到呢？"

Nǚwā kànzhe zhè zuò dàshān, xiǎng le xiǎng. Tā zǒu dào yí gè kàn qǐlái hěn hēi hěn shēn de dìfāng, nàlǐ yǒu yí gè dòngkǒu. "Kěnéng," Nǚwā shuō, "Wǔsèshí bú zài shān de wàimiàn, tā kěnéng zài shān de lǐmiàn, zài shāndòng lǐ."

Xiǎo niǎo míngbai le. "Nín shì shuō, wǒmen yào jìn shāndòng lǐ qù zhǎo?"

"Duì," Nǚwā shuō, "wǒmen jìnqù kànkan."

Nǚwā hé xiǎo niǎo yìqǐ zǒu jìn le nàge dà shāndòng. Shāndòng lǐmiàn fēicháng hēi, shénme yě kàn bu jiàn. Nǚwā shēn chū shǒu, tā de shǒu lǐ fāchū yìdiǎnr báisè de guāng, bú tài liàng, dànshì néng ràng tāmen kàndào lù le.

Shāndòng hěn cháng, yě hěn ānjìng. Tāmen xiǎoxīn de wǎng lǐmiàn zǒu. Zǒu le bù zhīdào duōjiǔ, tāmen kàndào qiánmiàn yǒu yìdiǎnr bù yíyàng de guāng. Bú shì báisè de guāng,

女娲看着这座大山，想了想。她走到一个看起来很黑很深的地方，那里有一个洞口。"可能，"女娲说，"五色石不在山的外面，它可能在山的里面，在山洞里。"

小鸟明白了。"您是说，我们要进山洞里去找？"

"对，"女娲说，"我们进去看看。"

女娲和小鸟一起走进了那个大山洞。山洞里面非常黑，什么也看不见。女娲伸出手，她的手里发出一点儿白色的光，不太亮，但是能让他们看到路了。

山洞很长，也很安静。他们小心地往里面走。走了不知道多久，他们看到前面有一点儿不一样的光。不是白色的光，

shì yǒu hǎo jǐ zhǒng yánsè de guāng.

Tāmen xiàngzhe guāng zǒu guòqù. Yuè zǒu yuè jìn, guāng yuè liàng. Zuìhòu, tāmen lái dào le yí gè hěn dà de dìfāng. Zài zhège dìfāng de zhōngjiān, yǒu yí kuài fēicháng fēicháng dà de shítou!

Zhè kuài dà shítou hé tāmen zài wàimiàn kàndào de dōu bù yíyàng. Tā zhēn de yǒu wǔ zhǒng yánsè! Hóngsè xiàng huǒ, huángsè xiàng tǔ, lánsè xiàng tiān, báisè xiàng yún, hēisè xiàng yèwǎn. Wǔ zhǒng yánsè zài zhè kuài shítou shàng liúdòng zhe, fāchū piàoliang de guāng.

"À! Zhǎodào le!" Xiǎo niǎo gāoxìng de jiào qǐlái. "Zhè jiùshì Wǔsèshí!"

Nǚwā yě kànzhe zhè kuài hěn tèbié de dà shítou, xīnli fēicháng gāoxìng. Tā zǒu shàng qián qù, qīngqīng de yòng shǒu mō le yíxià Wǔsèshí. Tā de shǒu yí pèng dào shítou, jiù

是有好几种颜色的光。

他们向着光走过去。越走越近，光越亮。最后，他们来到了一个很大的地方。在这个地方的中间，有一块非常非常大的石头！

这块大石头和他们在外面看到的都不一样。它真的有五种颜色！红色像火，黄色像土，蓝色像天，白色像云，黑色像夜晚。五种颜色在这块石头上流动着，发出漂亮的光。

"啊！找到了！"小鸟高兴地叫起来，"这就是五色石！"

女娲也看着这块很特别的大石头，心里非常高兴。她走上前去，轻轻地用手摸了一下五色石。她的手一碰到石头，就

juéde yǒu yì gǔ rèqì jìn le tā de shēntǐ lǐ.

"Zhè kuài shítou zhēn de hěn hǎo!" Nǚwā gāoxìng de shuō. "Wǒ néng yòng tā bǎ tiānshàng de dòng xiūhǎo!"

Tā xiǎng bǎ zhè kuài Wǔsèshí ná qǐlái, dài zǒu. Dànshì, tā yòng le hěn dà de lìqi, Wǔsèshí háishi zài nàlǐ, yìdiǎnr yě bān bu dòng. Tā tài dà le, yě tài zhòng le!

"Zhè kě zěnme bàn?" Nǚwā yǒu diǎnr zháojí le. "Shítou zhǎodào le, dànshì wǒ ná bu zǒu tā a!"

Jiù zài Nǚwā bù zhīdào zěnme bàn de shíhou, shāndòng lǐ tūrán chūxiàn le yí gè hěn lǎo de shēngyīn, "Nǚwā, nǐ dào wǒ de jiālǐ lái, shì wèi le zhè kuài Wǔsèshí ma?"

Nǚwā hé xiǎo niǎo dōu xià le yí tiào! Tāmen huítóu yí

觉得有一股热气进了她的身体里。

"这块石头真的很好！"女娲高兴地说。"我能用它把天上的洞修好！"

她想把这块五色石拿起来，带走。但是，她用了很大的力气，五色石还是在那里，一点儿也搬不动。它太大了，也太重了！

"这可怎么办？"女娲有点儿着急了。"石头找到了，但是我拿不走它啊！"

就在女娲不知道怎么办的时候，山洞里突然出现了一个很老的声音，"女娲，你到我的家里来，是为了这块五色石吗？"

女娲和小鸟都吓了一跳！他们回头一

kàn, kàndào yí gè bái tóufa, bái húzi de lǎo yéye cóng shāndòng gèng shēn de dìfāng mànman zǒu chūlái. Zhège lǎo yéye kàn qǐlái fēicháng fēicháng lǎo, dànshì tā de yǎnjing tèbié liàng.

"Qǐngwèn, nín shì shuí?" Nǚwā xiǎoxīn de wèn.

"Hāhā," lǎo yéye xiào le xiào, "wǒ shì zhè zuò shān de shānshén. Wǒ zhīdào nǐ, nǐ shì Nǚwā, shì dìshàng rénmen de māma." Tā yòu kàn le kàn nà kuài Wǔsèshí, shuō, "Nǐ lái zhèlǐ, shì wèi le ná tā qù xiū tiān ba?"

Nǚwā diǎndian tóu, shuō, "Shì de, shānshén yéye. Tiān pò le, dìshàng de rénmen yǒu wēixiǎn. Wǒ tīngshuō Wǔsèshí kěyǐ xiū tiān, jiù lái zhǎo tā le. Kěshì, tā

看，看到一个白头发、白胡子的老爷爷从山洞更深的地方慢慢走出来。这个老爷爷看起来非常非常老，但是他的眼睛特别亮。

"请问，您是谁？"<u>女娲</u>小心地问。

"哈哈，"老爷爷笑了笑，"我是这座山的山神[51]。我知道你，你是<u>女娲</u>，是地上人们的妈妈。"他又看了看那块<u>五色石</u>，说，"你来这里，是为了拿它去修天吧？"

<u>女娲</u>点点头，说，"是的，山神爷爷。天破了，地上的人们有危险。我听说<u>五色石</u>可以修天，就来找它了。可是，它

---

tài zhòng le, wǒ ná bu dòng."

Shānshén tīng le, yě diǎndian tóu. "Shì de, wǒ zhīdào tiānshàng de shì le. Gònggōng nà háizi tài bù dǒngshì le. Wǔsèshí zhēnde kěyǐ xiū tiān. Nǐ ná bu dòng tā, wǒ kěyǐ bāng nǐ."

"Zhēn de ma?" Nǚwā hěn gāoxìng. "Nín néng bāng wǒ?"

"Méi cuò," shānshén shuō. "Wǒ kěyǐ bāng nǐ bǎ zhè kuài dà shítou biànchéng hěnduō xiǎo shítou, zhèyàng nǐ jiù kěyǐ dàizǒu le."

"Tài xièxie nín le, shānshén yéye!" Nǚwā mǎshàng shuō.

Shānshén yòu shuō, "Dànshì, Nǚwā, nǐ yào zhīdào. Xiūhǎo tiānshàng de dòng, hái xūyào yíyàng dōngxi."

太重了，我拿不动。"

山神听了，也点点头。"是的，我知道
天上的事了。共工那孩子太不懂事了。
五色石真的可以修天。你拿不动它，我
可以帮你。"

"真的吗？"女娲很高兴。"您能帮
我？"

"没错，"山神说。"我可以帮你把这
块大石头变成很多小石头，这样你就可
以带走了。"

"太谢谢您了，山神爷爷！"女娲马上
说。

山神又说，"但是，女娲，你要知道。
修好天上的洞，还需要一样东西。"

"Hái xūyào shénme?" Nǚwā wèn.

"Bùzhōu Shān dǎo le, tiānshàng shǎo le yì gēn dà zhùzi," shānshén huídá. "Nǐ xūyào zhǎodào yì gēn xīn de, fēicháng fēicháng yìng de zhùzi, fàng zài nàlǐ, bǎ tiān chēng zhù. Méiyǒu tā, jíshǐ nǐ xiūhǎo le dòng, tiān háishì huì diào xiàlái de."

Nǚwā tīng le, yòu kāishǐ dānxīn. "Nàme, yòng shénme zuò xīn de zhùzi ne? Nǎlǐ yǒu nàme yìng de dōngxi ne?"

Shānshén huídá, "Zhège wǒ yě bù zhīdào. Búguò, wǒ tīngshuō, zài hěn yuǎn hěn yuǎn de nánbian, dàhǎi lǐmiàn, zhùzhe yì zhī fēicháng dà de wūguī. Nà zhī wūguī huó le hěnjiǔ hěnjiǔ, kěnéng bǐ wǒ hái lǎo. Tā zhī

"还需要什么？"女娲问。

"不周山倒了，天上少了一根大柱子，"山神回答。"你需要找到一根新的、非常非常硬的柱子，放在那里，把天撑[52]住。没有它，即使[53]你修好了洞，天还是会掉下来的。"

女娲听了，又开始担心。"那么，用什么做新的柱子呢？哪里有那么硬的东西呢？"

山神回答，"这个我也不知道。不过，我听说，在很远很远的南边，大海里面，住着一只非常大的乌龟[54]。那只乌龟活了很久很久，可能比我还老。它知

---

52 撑　　　chēng – to prop up
53 即使　　jíshǐ　even though
54 乌龟　　Wūguī　–turtle

dào de shìqing tèbié duō. Nǐ kěyǐ qù wènwen tā."

Nǚwā míngbai le. "Xièxie nín gàosu wǒ. Wǒ zhīdào
le, wǒ xūyào Wǔsèshí, hái xūyào qù zhǎo nà zhī dà
wūguī."

Shānshén diǎndian tóu. Tā zǒu dào Wǔsèshí
qiánmiàn, shēn chū shǒu, duìzhe dà shítou shuō le jǐ
jù huà. Nà kuài fāguāng de dà shítou, kāishǐ
mànman biàn xiǎo, ránhòu fēnkāi le, biànchéng le
hěnduō hěnduō xiǎo kuài de, háishi yǒu wǔ zhǒng
yánsè de piàoliang xiǎo shítou.

Nǚwā xiǎoxīn de bǎ xiǎo shítou fàng jìn tā de bāo lǐ.

"Shānshén yéye, tài xièxie nín le!" Nǚwā shuō. "Wǒ
xiànzài jiù qù nánbian de dàhǎi!"

"Qù ba," shānshén shuō, "shíjiān bù zǎo le. Dìshàng
de rénmen dōu zài děngzhe nǐ. Nǐ yào kuài yìdiǎnr.

道的事情特别多。你可以去问问它。”

女娲明白了。“谢谢您告诉我。我知道了，我需要五色石，还需要去找那只大乌龟。”

山神点点头。他走到五色石前面，伸出手，对着大石头说了几句话。那块发光的大石头，开始慢慢变小，然后分开了，变成了很多很多小块的、还是有五种颜色的漂亮小石头。

女娲小心地把小石头放进她的包里。

“山神爷爷，太谢谢您了！”女娲说。“我现在就去南边的大海！”

“去吧，”山神说，“时间不早了。地上的人们都在等着你。你要快一点儿。

Wǒ xiāngxìn nǐ yídìng néng chénggōng!"

Nǚwā hé xiǎo niǎo xiàng shānshén shuō le zàijiàn,
ránhòu fēi chū le shāndòng. Tāmen xiàngzhe
nánbian de dàhǎi fēi qù.

Nǚwā de xīnli, xiànzài yǒu le xīwàng. Tā yǒu le xiū
tiān de shítou, yě zhīdào le qù zhǎo shuí wèn zhùzi
de shì. Tā kànzhe xiàmiàn děngzhe tā de rénmen,
xīnli shuō, "Háizimen, xiāngxìn wǒ! Wǒ yídìng huì bǎ
tiān xiūhǎo de!"

我相信你一定能成功！"

<u>女娲</u>和小鸟向山神说了再见，然后飞出了山洞。她们向着南边的大海飞去。

<u>女娲</u>的心里，现在有了希望。她有了修天的石头，也知道了去找谁问柱子的事。她看着下面等着她的人们，心里说，"孩子们，相信我！我一定会把天修好的！"

Dì Qī Zhāng:

Dàhǎi Lǐ de Dà Wūguī

Nǚwā hé xiǎo niǎo líkāi le dōngbian de dàshān, xiàngzhe nánbian de dàhǎi fēi qù. Tāmen yào qù zhǎo shānshén shuō de nà zhī dà wūguī.

Fēi le hěn cháng hěn cháng shíjiān, tāmen zhōngyú lái dào le nánbian de dàhǎi. Dàhǎi zhēn de hǎo dà hǎo dà, yì yǎn kàn bu dào biān. Lánsè de hǎishuǐ zài tàiyáng xiàmiàn, fēicháng piàoliang.

"Dàhǎi zhème dà, wǒmen qù nǎlǐ zhǎo dà wūguī ne?" Nǚwā wèn xiǎo niǎo.

Xiǎo niǎo yě bù zhīdào. "Shānshén yéye zhǐ shuō tā zài nánbian de dàhǎi lǐ."

Nǚwā xiǎng le xiǎng, tā duìzhe dàhǎi shuō, "Dàhǎi,

第七章：
大海里的大乌龟

<u>女娲</u>和小鸟离开了东边的大山，向着南边的大海飞去。她们要去找山神说的那只大乌龟。

飞了很长很长时间，他们终于来到了南边的大海。大海真的好大好大，一眼看不到边。蓝色的海水在太阳下面，非常漂亮。

"大海这么大，我们去哪里找大乌龟呢？"<u>女娲</u>问小鸟。

小鸟也不知道。"山神爷爷只说它在南边的大海里。"

<u>女娲</u>想了想，她对着大海说，"大海，

dàhǎi, qǐng nǐ gàosu wǒ, nà zhī huó le hěnjiǔ hěnjiǔ de dà wūguī zài nǎlǐ?"

Hǎishuǐ dòng le dòng, yí gè shēngyīn cóng shuǐ xià chuán shànglái, "Nǚwā, nǐ zhǎo dà wūguī zuò shénme?"

"Wǒ xūyào tā de bāngzhù," Nǚwā huídá. "Tiān pò le, wǒ xūyào yì gēn xīn de, hěn yìng de zhùzi bǎ tiān chēng zhù, ràng tiān bú diào xiàlái. Shānshén shuō, dà wūguī kěnéng zhīdào."

Hǎishuǐ yòu dòng le dòng. "Dà wūguī zhù zài hǎi xiàmiàn hěn shēn de dìfāng. Tā hěn lǎo le, bù cháng chūlái. Nǐ xiǎng jiàn tā, jiù gēn wǒ lái ba."

Dàhǎi de shuǐ xiàng liǎngbiān fēnkāi le, chūxiàn le yì tiáo lù. Nǚwā hé xiǎo niǎo zǒu le jìnqù.

大海，请你告诉我，那只活了很久很久
的大乌龟在哪里？”

海水动了动，一个声音从水下传[55]上
来，“女娲，你找大乌龟做什么？”

“我需要它的帮助，”女娲回答。“天
破了，我需要一根新的、很硬的柱子把
天撑住，让天不掉下来。山神说，大乌
龟可能知道。”

海水又动了动。“大乌龟住在海下面很
深的地方。它很老了，不常出来。你想
见它，就跟我来吧。”

大海的水向两边分开了，出现了一条
路。女娲和小鸟走了进去。

---

[55] 传　　　chuán – to pass on, to spread

Tāmen zài shuǐ lǐ zǒu, kàndào le hěnduō hǎilǐ de dòngwù, yǒu yú, hái yǒu hěnduō Nǚwā méi jiànguò de qíguài dōngxi.

Zǒu le hěnjiǔ hěnjiǔ, tāmen lái dào le dàhǎi hěn shēn hěn shēn de dìfāng. Zhèlǐ hěn hēi, yě hěn lěng, zhǐyǒu yìdiǎnr guāng. Nà diǎnr guāng shì cóng yí gè fēicháng fēicháng dà de dōngxi shàngmiàn fā chūlái de.

Nǚwā hé xiǎo niǎo zǒu jìn yí kàn, a, nà shì yì zhī tèbié tèbié dà de wūguī! Tā bǐ yí zuò xiǎoshān hái yào dà! Tā de tóu hěn dà, yǎnjing yě hěn dà, kàn qǐlái hěn yǒu xuéwèn.

"Nín hǎo, dà wūguī," Nǚwā xiǎoxīn de shuō. "Wǒ shì Nǚwā."

Dà wūguī mànman de tái qǐ tóu, kànzhe Nǚwā. "Wǒ zhīdào nǐ shì shuí," tā de shēngyīn hěn lǎo, dànshì hěn

他们在水里走，看到了很多海里的动物，有鱼，还有很多<u>女娲</u>没见过的奇怪东西。

走了很久很久，他们来到了大海很深很深的地方。这里很黑，也很冷，只有一点儿光。那点儿光是从一个非常非常大的东西上面发出来的。

<u>女娲</u>和小鸟走近一看，啊，那是一只特别特别大的乌龟！它比一座小山还要大！它的头很大，眼睛也很大，看起来很有学问。

"您好，大乌龟，"<u>女娲</u>小心地说。"我是<u>女娲</u>。"

大乌龟慢慢地抬起头，看着<u>女娲</u>。"我知道你是谁，"它的声音很老，但是很

qīngchǔ. "Wǒ yě zhīdào nǐ wèishénme lái. Shì yīnwèi tiānshàng de nàge dàdòng, duì bu duì?"

Nǚwā diǎndian tóu. "Shì de. Bùzhōu Shān dǎo le, tiān shǎo le yì gēn zhùzi. Wǒ xūyào zhǎodào xīn de dōngxi bǎ tiān chēng zhù, ràng tiān bú diào xiàlái. Nín zhīdào yòng shénme zuì hǎo ma?"

Dà wūguī mànman de shuō, "Ràng tiān bú diào xiàlái de zhùzi, yídìng yào tèbié hǎo, tèbié yìng. Yìbān de shítou hé mùtou dōu bù xíng."

"Nà shénme dōngxi kěyǐ ne?" Nǚwā zháojí de wèn.

Dà wūguī kàn le kàn zìjǐ de sì tiáo tuǐ. "Wǒ de tuǐ," tā shuō, "wǒ de tuǐ tèbié yìng, bù róngyì huài. Yòng tāmen zuò tiānshàng de zhùzi, zhènghǎo."

清楚。"我也知道你为什么来。是因为天上的那个大洞，对不对？"

女娲点点头。"是的。不周山倒了，天少了一根柱子。我需要找到新的东西把天撑住，让天不掉下来。您知道用什么最好吗？"

大乌龟慢慢地说，"让天不掉下来的柱子，一定要特别好，特别硬。一般的石头和木头都不行。"

"那什么东西可以呢？"女娲着急地问。

大乌龟看了看自己的四条腿。"我的腿，"它说，"我的腿特别硬，不容易坏。用它们做天上的柱子，正好。"

Nǚwā tīng le, hěn chījīng. "Nín de tuǐ? Kěshì, méiyǒu tuǐ, nín zěnme zǒulù ne?"

Dà wūguī xiào le xiào. "Wǒ huó de tài jiǔ le, yǐjīng bùxiǎng zài zǒulù le. Wǒ jiù xiǎng ān ān jìng jìng de zhù zài dàhǎi lǐ. Rúguǒ wǒ de tuǐ néng bāng nǐ bǎ tiān xiūhǎo, nà shì yí jiàn dà hǎoshì a."

Nǚwā kànzhe dà wūguī, xīnli hěn gǎndòng. "Nín……nín zhēn de yuànyì bǎ tuǐ gěi wǒ ma? Tài xièxie nín le! Dànshì, wǒ bù néng jiù zhèyàng ná zǒu nín de tuǐ, tuǐ kěshì hěn zhòngyào de."

"Méi guānxi," dà wūguī shuō, "wǒ de tuǐ kěyǐ gěi nǐ. Dànshì, nǐ yě yào tóngyì yí jiàn shì."

"Shénme shì? Nín shuō." Nǚwā mǎshàng shuō.

<u>女娲</u>听了，很吃惊。"您的腿？可是，没有腿，您怎么走路呢？"

大乌龟笑了笑。"我活得太久了，已经不想再走路了。我就想安安静静地住在大海里。如果我的腿能帮你把天修好，那是一件大好事啊。"

<u>女娲</u>看着大乌龟，心里很感动[56]。
"您……您真的愿意把腿给我吗？太谢谢您了！但是，我不能就这样拿走您的腿，腿可是很重要的。"

"没关系，"大乌龟说，"我的腿可以给你。但是，你也要同意一件事。"

"什么事？您说。"<u>女娲</u>马上说。

---

[56] 感动　　gǎn dòng – touched or moved (emotionally)

"Děng tiān xiūhǎo le yǐhòu," dà wūguī shuō, "qǐng nǐ gàosu dìshàng de rénmen, shì yì zhī hěn lǎo hěn lǎo de dà wūguī, bǎ zìjǐ de tuǐ gěi le nǐ, bāngzhù nǐ xiūhǎo le tiān. Qǐng tāmen jìde wǒ."

Nǚwā tīng le, rènzhēn de diǎntóu. "Wǒ tóngyì! Wǒ yídìng huì gàosu dàjiā, shì nín bāngzhù le wǒ. Měi yí gè rén dōu huì jìde nín, xièxie nín!"

Dà wūguī mǎnyì de diǎndian tóu."Hǎo. Nǐ xiànzài kěyǐ ná zǒu wǒ de tuǐ le."

Nǚwā háishi yǒu diǎnr bú fàngxīn. "Ná zǒu nín de tuǐ, nín huì hěn téng ma?"

"Kěnéng huì yǒu yìdiǎnr téng," dà wūguī shuō. "Dànshì méi guānxi. Wèile dìshàng de rénmen, wèile zhège shìjiè, zhè diǎn téng, bú suàn shénme."

"等天修好了以后，"大乌龟说。"请你告诉地上的人们，是一只很老很老的大乌龟，把自己的腿给了你，帮助你修好了天。请他们记得我。"

女娲听了，认真地点头。"我同意！我一定会告诉大家，是您帮助了我。每一个人都会记得您，谢谢您！"

大乌龟满意地点点头。"好。你现在可以拿走我的腿了。"

女娲还是有点儿不放心。"拿走您的腿，您会很疼吗？"

"可能会有一点儿疼，"大乌龟说。"但是没关系。为了地上的人们，为了这个世界，这点疼，不算什么。"

Nǚwā tīng le, xīnli gèng gǎndòng le. "Xièxie nín, dà wūguī!" tā shuō. "Wǒ huì hěn kuài hěn kuài de zuò, xiǎoxīn yìdiǎnr, bú ràng nín tài téng."

Dà wūguī mànman de tǎng xiàlái, guānshàng le yǎnjing. "Lái ba, Nǚwā. Shíjiān bù duō le."

Nǚwā zǒu dào dà wūguī de tuǐ pángbiān. Wūguī de tuǐ yòu dà yòu cháng. Nǚwā xiǎoshēng shuō, "Nín bié hàipà. Wǒ yào kāishǐ le."

Tā ná chū yì bǎ dāo, fēicháng xiǎoxīn de, bǎ dà wūguī de sì tiáo tuǐ, yì tiáo yì tiáo de ná le xiàlái.

Zài ná tuǐ de shíhou, dà wūguī yì shēng yě méi jiào, shēntǐ yě méiyǒu dòng. Tā zhǐshì ān ān jìng jìng de tǎng zài nàlǐ.

女娲听了，心里更感动了。"谢谢您，大乌龟！"她说。"我会很快很快地做，小心一点儿，不让您太疼。"

大乌龟慢慢地躺[57]下来，关上了眼睛。"来吧，女娲。时间不多了。"

女娲走到大乌龟的腿旁边。乌龟的腿又大又长。女娲小声说，"您别害怕。我要开始了。"

她拿出一把刀，非常小心地，把大乌龟的四条腿，一条一条地拿了下来。

在拿腿的时候，大乌龟一声也没叫，身体也没有动。它只是安安静静地躺在那里。

---

57 躺　　　tǎng – to lie down

Hěn kuài, Nǚwā zuò wán le. "Hǎo le," tā duì dà wūguī shuō, "xièxie nín! Nín de tuǐ yídìng huì shì zuì hǎo de tiānzhù!"

Dà wūguī mànman de zhāngkāi yǎnjing. "Bú yòng xiè. Néng bāng shàng máng, wǒ hěn gāoxìng. Xiànzài, nǐ kuài qù xiū tiān ba."

Nǚwā diǎndian tóu. "Nín méishì ba? Méiyǒu tuǐ le, yǐhòu zěnme bàn ne?"

Dà wūguī xiào le xiào. "Méi guānxi. Wǒ jiù yìzhí zhù zài hǎilǐ. Dàhǎi huì zhàogù wǒ de."

Nǚwā yòu shuō le hǎo jǐ cì xièxie, ránhòu duì xiǎo niǎo shuō, "Wǒmen zǒu ba. Wǔsèshí hé wūguī tuǐ dōu yǒu le, wǒmen kěyǐ qù xiū tiān le!"

Xiǎoniǎo kànzhe nà sì tiáo xiàng xiǎoshān yíyàng dà de tuǐ,

很快，<u>女娲</u>做完了。"好了，"她对大鸟龟说，"谢谢您！您的腿一定会是最好的天柱！"

大鸟龟慢慢地张开眼睛。"不用谢。能帮上忙，我很高兴。现在，你快去修天吧。"

<u>女娲</u>点点头。"您没事吧？没有腿了，以后怎么办呢？"

大鸟龟笑了笑。"没关系。我就一直住在海里。大海会照顾我的。"

<u>女娲</u>又说了好几次谢谢，然后对小鸟说，"我们走吧。<u>五色石</u>和乌龟腿都有了，我们可以去修天了！"

小鸟看着那四条像小山一样大的腿，

wèn, "Zhè tuǐ yòu dà yòu zhòng, wǒmen zěnme
dàizǒu ne?"

Nǚwā shuō, "Shānshén jiāo le wǒ yí gè hǎo bànfǎ."
Tā yòng shǒu zhǐzhe sì tiáo tuǐ, duìzhe tāmen
qīngqīng de chuī le yì kǒu qì.

Qíguài de shìqing fāshēng le! Nà sì tiáo dà tuǐ kāishǐ
biàn xiǎo, yuè lái yuè xiǎo, zuìhòu biàn de xiàng xiǎo
shítou nàme dà.

Nǚwā bǎ zhè sì gè xiǎo "shítou tuǐ" xiǎoxīn de fàng
jìn bāo lǐ, hé Wǔsèshí fàng zài yìqǐ.

"Zàijiàn, dà wūguī," Nǚwā duì dà wūguī shuō, "děng
tiān xiūhǎo le, wǒ yídìng huílái kàn nín."

"Zàijiàn, Nǚwā," dà wūguī shuō, "wǒ xiāngxìn nǐ.
Kuài zǒu ba."

问，"这腿又大又重，我们怎么带走
呢？"

女娲说，"山神教了我一个好办法。"
她用手指着四条腿，对着它们轻轻地吹
了一口气。

奇怪的事情发生了！那四条大腿开始变
小，越来越小，最后变得像小石头那么
大。

女娲把这四个小"石头腿"小心地放进
包里，和五色石放在一起。

"再见，大乌龟，"女娲对大乌龟说，
"等天修好了，我一定回来看您。"

"再见，女娲，"大乌龟说，"我相信
你。快走吧。"

Nǚwā hé xiǎo niǎo líkāi le dàhǎi shēnchù, huí dào le dìshàng. Tāmen tái tóu yí kàn, tiānshàng de dòng biàn de gèng dà le, tiān yě yuè lái yuè dī le.

"Wǒmen yào kuài diǎnr!" Nǚwā shuō. "Tiān mǎshàng yào diào xiàlái le!"

"Wǒmen qù nǎlǐ xiū tiān?" Xiǎo niǎo wèn.

Nǚwā huídá, "Wǒmen yào huí dào Bùzhōu Shān. Nàlǐ shì tiān huài le de dìfāng, wǒmen jiù zài nàlǐ bǎ tiān xiūhǎo."

Tāmen qǐfēi, xiàngzhe Bùzhōu Shān fēi qù.

女娲和小鸟离开了大海深处，回到了地上。他们抬头一看，天上的洞变得更大了，天也越来越低了。

"我们要快点儿！"女娲说。"天马上要掉下来了！"

"我们去哪里修天？"小鸟问。

女娲回答，"我们要回到不周山。那里是天坏了的地方，我们就在那里把天修好。"

他们起飞，向着不周山飞去。

Dì Bā Zhāng:

Tiān Xiūhǎo le, Shìjiè Yòu Biàn Hǎo le

Nǚwā hé xiǎo niǎo huí dào le Bùzhōu Shān. Dìshàng
de rénmen kàndào Nǚwā huílái le, dōu hěn gāoxìng.

Nǚwā duì dàjiā shuō, "Xiànzài, wǒ yào kāishǐ xiū tiān
le. Qǐng nǐmen zhàn de yuǎn yìdiǎnr."

Rénmen tīng le, dōu xiàng hòu zǒu le yìxiē. Nǚwā
xiān cóng bāo lǐ ná chū nàxiē Wǔsèshí. Zhèxiē shítou
yì ná chūlái, jiù fāchū piàoliang de guāng. Nǚwā
duìzhe Wǔsèshí chuī le yì kǒu qì, xiǎo shítou
mǎshàng biàn dà, biànchéng le shāndòng lǐ nà kuài
dà shítou de yàngzi.

Nǚwā kànzhe Wǔsèshí, shuō le yìxiē huà. Ránhòu,
tā yònglì bǎ dà kuài de Wǔsèshí xiàng tiānshàng
nàge dàdòng rēng le guòqù!

第八章：
天修好了，世界又变好了

女娲和小鸟回到了不周山。地上的人们看到女娲回来了，都很高兴。

女娲对大家说，"现在，我要开始修天了。请你们站得远一点儿。"

人们听了，都向后走了一些。女娲先从包里拿出那些五色石。这些石头一拿出来，就发出漂亮的光。女娲对着五色石吹了一口气，小石头马上变大，变成了山洞里那块大石头的样子。

女娲看着五色石，说了一些话。然后，她用力把大块的五色石向天上那个大洞扔了过去！

Wǔsèshí fēi de hěn gāo hěn kuài, yíxiàzi jiù fēi jìn le tiānshàng de dàdòng lǐ.

Shítou yí jìnqù, jiù kāishǐ biànhuà. Nǚwā yòu duìzhe tā chuī qì, yòu shuō le yìxiē huà. Wǔsèshí mànman de, mànman de biànchéng le shuǐ. Bú shì yìbān de shuǐ, shì hóng, huáng, lán, bái, hēi wǔ zhǒng yánsè de shuǐ.

Wǔsè de shuǐ kāishǐ zài tiānshàng de dòng lǐ liúdòng, mànman bǎ nàge dàdòng dōu dǔ zhù le. Dòng hěn dà, shuǐ bú gòu. Nǚwā yòu chuī le jǐ kǒu qì, wǔsè shuǐ biàn de yuè lái yuè duō le.

Ránhòu, Nǚwā yòu duìzhe tiānshàng de wǔsè shuǐ shuō le jǐ jù huà. Nàxiē shuǐ jiù bú zài liúdòng le, tāmen mànman de, mànman de yòu biàn huí le shítou de yàngzi. Yí kuài yòu dà yòu yìng de Wǔsèshí, zhōngyú bǎ tiānshàng de dàdòng dōu dǔ zhù le!

五色石飞得很高很快，一下子就飞进了天上的大洞里。

石头一进去，就开始变化。女娲又对着它吹气，又说了一些话。五色石慢慢地、慢慢地变成了水。不是一般的水，是红、黄、蓝、白、黑五种颜色的水。

五色的水开始在天上的洞里流动，慢慢把那个大洞都堵住了。洞很大，水不够。女娲又吹了几口气，五色水变得越来越多了。

然后，女娲又对着天上的五色水说了几句话。那些水就不再流动了，它们慢慢地、慢慢地又变回了石头的样子。一块又大又硬的五色石，终于把天上的大洞都堵住了！

"Tiān xiūhǎo le!" Dìshàng de rénmen kàndào tiānshàng de dòng méiyǒu le, dōu gāoxìng de jiào le qǐlái!

Nǚwā xiào le xiào, duì dàjiā shuō, "Hái méi wán ne. Xiànzài, tiān hái xūyào xīn de zhùzi."

Tā yòu cóng bāo lǐ ná chū nà sì gè xiǎoxiǎo de "shítou tuǐ." Tā duìzhe tāmen chuī le yì kǒu qì, tāmen mǎshàng biàn dà, biàn huí le yuánlái dà wūguī tuǐ de yàngzi.

Nǚwā ná qǐ yì tiáo dàtuǐ, xiàngzhe dōngbian yònglì yì rēng! Nà tiáo tuǐ fēi le hěn yuǎn hěn yuǎn, luò zài dōngbian de dìshàng, biànchéng le yí zuò hěn gāo hěn gāo de shān, ràng tiān dōngbian de jiǎo bú zài xiàng xià diào.

Tā yòu ná qǐ dì èr tiáo tuǐ, xiàng xībian rēng guòqù. Zhè tiáo tuǐ yě biànchéng le xībian de yí zuò gāoshān.

Ránhòu shì nánbian, běibian. Nǚwā bǎ sì tiáo tuǐ dōu fàng

"天修好了！"地上的人们看到天上的洞没有了，都高兴地叫了起来！

女娲笑了笑，对大家说，"还没完呢。现在，天还需要新的柱子。"

她又从包里拿出那四个小小的"石头腿"。她对着它们吹了一口气，它们马上变大，变回了原来大乌龟腿的样子。

女娲拿起一条大腿，向着东边用力一扔！那条腿飞了很远很远，落在东边的地上，变成了一座很高很高的山，让天东边的角不再向下掉。

她又拿起第二条腿，向西边扔过去。这条腿也变成了西边的一座高山。

然后是南边，北边。女娲把四条腿都放

zài le tiān de sì gè jiǎo. Xiànzài, yǒu le zhè sì gēn xīn de, yòu gāo yòu yìng de "zhùzi," tiān jiù zài yě bú huì diào xiàlái le!

"Hǎo le!" Nǚwā kànzhe xiūhǎo de tiān, mǎnyì de diǎndian tóu.

Jiù zài zhège shíhou, tiānshàng kāishǐ xià yǔ le. Yǔ bú dà, xià de hěn qīng, hěn shūfu. Yǔshuǐ luò zài dìshàng, liú jìn dìshàng nàxiē dàdòng lǐ, dàdòng yì diǎn diǎn biàn xiǎo, zuìhòu dōu guānshàng le.

Rénmen zài tái tóu kàn tiān, tiān yòu biàn huí le lánsè. Tàiyáng cóng yún hòumiàn chūlái le, rèrè de yángguāng zhào zài dìshàng, měi yí gè dōngxi dōu liàng le qǐlái. Huài diào de shù yòu kāishǐ zhǎng chū xīn de lǜyè, dìshàng de xiǎocǎo yě chūlái le, piàoliang de huā yě kāi le.

"Tiān hǎo le! Dì yě hǎo le!" Rénmen gāoxìng de yòu

在了天的四个角。现在，有了这四根新的、又高又硬的"柱子"，天就再也不会掉下来了！

"好了！"<u>女娲</u>看着修好的天，满意地点点头。

就在这个时候，天上开始下雨了。雨不大，下得很轻，很舒服。雨水落在地上，流进地上那些大洞里，大洞一点点变小，最后都关上了。

人们再抬头看天，天又变回了蓝色。太阳从云后面出来了，热热的阳光照在地上，每一个东西都亮了起来。坏掉的树又开始长出新的绿叶，地上的小草也出来了，漂亮的花也开了。

"天好了！地也好了！"人们高兴得又

jiào yòu tiào. "Wǒmen de shìjiè yòu biàn hǎo le!"

Nǚwā kàndào dàjiā zhème gāoxìng, tā yě hěn gāoxìng. Tā zhīdào, rénmen kěyǐ jìxù hǎohao shēnghuó le.

Yí gè xiǎo nǚhái pǎo guòlái wèn, "Nǚwā māma, nàxiē huài dòngwù ne? Tāmen hái huì xiàlái ma?"

Nǚwā xiàozhe huídá. "Bú huì le. Tiānshàng de dòng xiūhǎo le, tāmen xià bu lái le. Nǐmen bú yòng zài hàipà tāmen le."

Xiǎo nǚhái gāoxìng de dà xiào qǐlái.

Zhè shíhou, yǒu liǎng gè shén cóng tiānshàng fēi le xiàlái. Shì shuǐshén Gònggōng hé huǒshén Zhùróng. Tāmen kàn qǐlái dōu yǒu diǎnr bù hǎo yìsi, bù gǎn kàn Nǚwā de yǎnjing.

Tāmen zǒu dào Nǚwā miànqián, dī xià le tóu.

叫又跳。"我们的世界又变好了！"

女娲看到大家这么高兴，她也很高兴。她知道，人们可以继续好好生活了。

一个小女孩跑过来问，"女娲妈妈，那些坏动物呢？它们还会下来吗？"

女娲笑着回答。"不会了。天上的洞修好了，它们下不来了。你们不用再害怕它们了。"

小女孩高兴地大笑起来。

这时候，有两个神从天上飞了下来。是水神共工和火神祝融。他们看起来都有点儿不好意思，不敢看女娲的眼睛。

他们走到女娲面前，低下了头。

Gònggōng xiān xiǎoshēng shuō, "Nǚwā, duìbuqǐ. Shì wǒ……wǒ tài shēngqì le, zuò le dà cuòshì, zhuàng dǎo le Bùzhōu Shān. Ràng tiān hé dì dōu huài le, ràng dìshàng de rénmen tèbié dānxīn hé nánguò."

Zhùróng yě biǎoshì, "Nǚwā, wǒ……wǒ yě yǒu cuò. Wǒmen bù yīnggāi dǎ lái dǎ qù, bù yīnggāi zhǐ xiǎngzhe zìjǐ. Kàndào nǐ yí gè rén bǎ tiān xiūhǎo le, wǒ juéde zìjǐ hěn méiyòng." Ránhòu, tā bù zhīdào gāi shuō shénme le.

Nǚwā kànzhe tāmen liǎng gè, méiyǒu mǎshàng shuōhuà. Suīrán zhè jiàn shì guòqù le, xiū tiān yě yǐjīng jiéshù le, dànshì tā xiǎngqǐ le zhèxiē tiān kàndào de rénmen de hàipà hé nánguò, xiǎngqǐ le sǐqù de dàren hé háizi, xiǎngqǐ le nà zhī méiyǒu le tuǐ de dà wūguī. Zhèxiē, dōu shì yīnwèi yǎnqián zhè liǎng gè shén! Tāmen shì tiānshàng de dàshén, yǒu hěn qiáng de lìqi, kěshì què xiàng xiǎo háizi yí

共工先小声说，"女娲，对不起。是我……我太生气了，做了大错事，撞倒了不周山。让天和地都坏了，让地上的人们特别担心和难过。"

祝融也表示，"女娲，我……我也有错。我们不应该打来打去，不应该只想着自己。看到你一个人把天修好了，我觉得自己很没用。"然后，他不知道该说什么了。

女娲看着他们两个，没有马上说话。虽然这件事过去了，修天也已经结束了，但是她想起了这些天看到的人们的害怕和难过，想起了死去的大人和孩子，想起了那只没有了腿的大乌龟。这些，都是因为眼前这两个神！他们是天上的大神，有很强的力气，可是却像小孩子一

yàng bù dǒngshì, gěi shìjiè dàilái le zhème dà de
máfan.

Tā lěngxiào le yì shēng, shēngyīn bú dà, dànshì
Gònggōng hé Zhùróng dōu tīngdào le, tāmen de liǎn
gèng hóng, tóu gèng dī le.

Nǚwā kànzhe tāmen, mànman de shuō, "Tiānshàng
de shén yǒu hěn dà de lìqi. Tāmen yào zuò duì de
shìqing, yào bāngzhù dìshàng de rénmen, ér bú shì
yòng tāmen de lìqi lái shēngqì, ràng rén hàipà." Tā
de shēngyīn hěn píngjìng, dànshì yǒu diǎnr lěng.
"Nǐmen kànkan xiàmiàn, duōshǎo rén méiyǒu le jiā?
Duōshǎo háizi méiyǒu le bàba māma?
Zhèxiē……nǐmen zìjǐ hǎohao xiǎngxiang ba."

Tā méiyǒu shuō "huānyíng nǐmen," yě méiyǒu shuō
"méi guānxi." Tā juéde, tāmen zuò de shìqing tài
huài

样不懂事，给世界带来了这么大的麻烦。

她冷笑了一声，声音不大，但是<u>共工</u>和<u>祝融</u>都听到了，他们的脸更红，头更低了。

<u>女娲</u>看着他们，慢慢地说，"天上的神有很大的力气。他们要做对的事情，要帮助地上的人们，而不是用他们的力气来生气，让人害怕。"她的声音很平静，但是有点儿冷。"你们看看下面，多少人没有了家？多少孩子没有了爸爸妈妈？这些……你们自己好好想想吧。"

她没有说"欢迎你们"，也没有说"没关系"。她觉得，他们做的事情太坏

le, bú shì yí jù "duìbuqǐ" jiù kěyǐ de.

Gònggōng hé Zhùróng tīng le Nǚwā de huà, xīnli gèng téng le. Tāmen dōu méiyǒu shuōhuà. Tāmen zhīdào Nǚwā shuō de duì. Tāmen juéde hěn duìbuqǐ Nǚwā, yě duìbuqǐ dìshàng de rénmen.

Guò le yíhuìr, tāmen liǎng gè duì Nǚwā shuō, "Xiāngxìn wǒmen, wǒmen yǐhòu yídìng huì lái bāngmáng de." Shuō wán, tāmen jiù ān ān jìng jìng de fēi zǒu le.

Nǚwā kàn tāmen zǒu le, xīnli háishi yǒu diǎnr bù shūfu.

Xiǎo niǎo fēi dào tā de shǒu shàng shuō, "Nǚwā māma, nín bié shēngqì le. Tiān xiūhǎo le, wèntí jiějué le, zhè cái shì zuì zhòngyào de!"

Nǚwā mō le mō xiǎo niǎo. "Nǐ shuō de duì." Tā yòu

了，不是一句"对不起"就可以的。

共工和祝融听了女娲的话，心里更疼了。他们都没有说话。他们知道女娲说得对。他们觉得很对不起女娲，也对不起地上的人们。

过了一会儿，他们两个对女娲说，"相信我们，我们以后一定会来帮忙的。"说完，他们就安安静静地飞走了。

女娲看他们走了，心里还是有点儿不舒服。

小鸟飞到她的手上说，"女娲妈妈，您别生气了。天修好了，问题解决了，这才是最重要的！"

女娲摸了摸小鸟。"你说得对。"她又

tái tóu kàn le kàn lánsè de tiān, xiăngqĭ le bāngzhù
tā de shānshén hé dà wūguī. "Shì a, tiān xiūhăo le.
Dànshì, wŏmen yào jìde, shì shuí bāngzhù le
wŏmen."

Tā duì xiăo niăo shuō, "Wŏmen yào gàosu dìshàng
de rénmen. Gàosu tāmen Wŭsèshí de gùshì, gèng
yào gàosu tāmen, yŏu yì zhī hĕn lăo hĕn lăo de dà
wūguī, wèile dàjiā, bă zìjĭ de tuĭ gĕi le wŏmen, cái
yŏu le xīn de tiānzhù. Wŏmen yào yìzhí yìzhí jìde
tā."

Xiăo niăo yònglì diăntóu. "Ǹg! Wŏmen yídìng yào
gàosu dàjiā!"

Tàiyáng mànman xiàshān le, yuèliang chūlái le.
Nŭwā kànzhe xiūhăo de tiān, kànzhe kāishĭ chóngxīn
gài fángzi, chóngxīn shēnghuó de rénmen, tā hĕn
mănyì, yĕ juéde hĕn yŏu xīwàng. Tā zhīdào, zhège
shìjiè, yĭhòu huì yuè lái yuè hăo de.

抬头看了看蓝色的天，想起了帮助她的山神和大乌龟。"是啊，天修好了。但是，我们要记得，是谁帮助了我们。"

她对小鸟说，"我们要告诉地上的人们。告诉他们<u>五色石</u>的故事，更要告诉他们，有一只很老很老的大乌龟，为了大家，把自己的腿给了我们，才有了新的天柱。我们要一直一直记得它。"

小鸟用力点头。"嗯！我们一定要告诉大家！"

太阳慢慢下山了，月亮出来了。<u>女娲</u>看着修好的天，看着开始重新盖房子、重新生活的人们，她很满意，也觉得很有希望。她知道，这个世界，以后会越来越好的。

Dì Jiǔ Zhāng:

Nǚwā Qù Kàn Shìjiè

Tiān xiūhǎo le, dì yě hǎo le. Guò le xiē rìzi, shìjiè yòu biàn de hěn měi le. Shuǐ huí dào le hé lǐ hé hǎi lǐ. Rénmen huí dào le jiā, gài le xīn de fángzi, zhòng le xīn de dōngxi.

Yì tiān zǎoshang, Nǚwā lái dào yí gè dà cūnzi. Cūnzi lǐ de rén kàndào tā, dōu gāoxìng de pǎo chūlái.

"Nǚwā māma!" Dàjiā xiàozhe jiào tā.

Nǚwā kànzhe tā de háizimen, tāmen chuānzhe gānjìng de yīfu, liǎn shàng dōu shì xiào. Tā xīnli yě hěn gāoxìng.

Cūnzi lǐ zuì lǎo de yí gè rén zǒu guòlái shuō, "Nǚwā māma, xièxie nín! Xièxie nín ràng wǒmen huó le, hái xiūhǎo le tiān. Wǒmen wèi nín gài le yí gè fángzi, xiǎng

第九章：
女娲去看世界

天修好了，地也好了。过了些日子，世界又变得很美了。水回到了河里和海里。人们回到了家，盖了新的房子，种了新的东西。

一天早上，女娲来到一个大村子。村子里的人看到她，都高兴地跑出来。

"女娲妈妈！"大家笑着叫她。

女娲看着她的孩子们，他们穿着干净的衣服，脸上都是笑。她心里也很高兴。

村子里最老的一个人走过来说，"女娲妈妈，谢谢您！谢谢您让我们活了，还修好了天。我们为您盖了一个房子，想

qǐng nín kànkan."

Tā dàizhe Nǚwā qù kàn. Nà shì yí zuò hěn piàoliang de xīn fángzi, bǐ bié de fángzi dōu dà. Lǐmiàn fàngzhe rénmen sòng gěi tā de shuǐguǒ, huā, hái yǒu qítā lǐwù.

"Xièxie nǐmen," Nǚwā shuō, "nǐmen de xīnyì wǒ shōu dào le."

Zhè shí, yí gè niánqīng nánrén zǒu guòlái shuō, "Nǚwā māma, wǒmen hái yǒu yí jiàn shì xiǎng wèn nín."

"Shénme shì?"

"Nánrén hé nǚrén, zěnme cái néng zài yìqǐ, yǒu zìjǐ de jiā ne?"

Nǚwā xiào le, tā zhīdào háizimen zhǎng dà le. "Wǒ

请您看看。”

他带着<u>女娲</u>去看。那是一座很漂亮的新房子，比别的房子都大。里面放着人们送给她的水果、花，还有其他礼物。

“谢谢你们，”<u>女娲</u>说，“你们的心意[58]我收到了。”

这时，一个年轻男人走过来说，“<u>女娲</u>妈妈，我们还有一件事想问您。”

“什么事？”

“男人和女人，怎么才能在一起，有自己的家呢？”

<u>女娲</u>笑了，她知道孩子们长大了。“我

---

58 心意　xīn yì – to regard, intention

lái gàosu nǐmen."

Nǚwā shuō, "Rúguǒ yí gè nánrén xǐhuan yí gè nǚrén, zhège nǚrén yě xǐhuan nàge nánrén, tāmen jiù kěyǐ jiéhūn. Jiéhūn yǐhòu, nánrén jiù biànchéng le zhàngfu, nǚrén jiù biànchéng le qīzi. Zhàngfu yào ài qīzi, qīzi yě yào ài zhàngfu, yìqǐ hǎohao guò rìzi, zhàngfu hé qīzi zuò'ài, shēng háizi. Zhè jiùshì yí gè jiànkāng, kuàilè, yǒu ài de jiā."

Tā hái shuō, "Jiéhūn shì dàshì, yào zuò yìdiǎnr tèbié de shì: dàjiā yìqǐ chīfàn, chànggē, tiàowǔ, wèi tāmen gāoxìng."

Rénmen tīng le hěn gāoxìng. Hěn kuài, cūnzi lǐ jiù yǒu le dì yī cì jiéhūn jiémù. Dàjiā dōu lái cānjiā, yìqǐ chīfàn, yìqǐ chànggē hé tiàowǔ, tèbié kāixīn.

Cóng zhè yǐhòu, rénmen xué huì le jiéhūn, yǒu le zìjǐ

来告诉你们。"

<u>女娲</u>说，"如果一个男人喜欢一个女人，这个女人也喜欢那个男人，他们就可以结婚。结婚以后，男人就变成了丈夫，女人就变成了妻子。丈夫要爱妻子，妻子也要爱丈夫，一起好好过日子，丈夫和妻子做爱，生孩子。这就是一个健康、快乐、有爱的家。"

她还说，"结婚是大事，要做一点儿特别的事：大家一起吃饭、唱歌、跳舞，为他们高兴。"

人们听了很高兴。很快，村子里就有了第一次结婚节目。大家都来参加，一起吃饭，一起唱歌和跳舞，特别开心。

从这以后，人们学会了结婚，有了自己

de jiā.

Nǚwā kànzhe rénmen de rìzi yuè guò yuè hǎo, tāmen zhīdào zěnme shēnghuó, zěnme ài biérén. Tā juéde, tā de háizimen zhēn de zhǎng dà le.

Tā duì rénmen shuō, "Wǒ de háizimen, nǐmen zuò de hěn hǎo. Xiànzài, shìjiè xiūhǎo le, nǐmen yě xuéhuì le zěnme shēnghuó. Wǒ xiǎng qù bié de dìfāng kànkan, qù bāngzhù bié de yǒu xūyào bāngzhù de rén."

Rénmen tīng le, dōu yǒu diǎn nánguò. "Nǚwā māma, nín yào qù nǎlǐ? Hái huì huílái kàn wǒmen ma?"

"Huì de," Nǚwā xiàozhe shuō, "Zhège shìjiè hěn dà, wǒ xiǎng qù qítā dìfāng kànkan. Wǒ huì jīngcháng huílái kàn nǐmen. Rúguǒ nǐmen yǒu shì zhǎo wǒ, jiù dàshēng jiào wǒ de míngzi, wǒ néng tīng dào."

的家。

女娲看着人们的日子越过越好，他们知道怎么生活，怎么爱别人。她觉得，她的孩子们真的长大了。

她对人们说，"我的孩子们，你们做得很好。现在，世界修好了，你们也学会了怎么生活。我想去别的地方看看，去帮助别的有需要帮助的人。"

人们听了，都有点难过。"女娲妈妈，您要去哪里？还会回来看我们吗？"

"会的，"女娲笑着说。"这个世界很大，我想去其他地方看看。我会经常回来看你们。如果你们有事找我，就大声叫我的名字，我能听到。"

Rénmen diǎndian tóu. "Wǒmen huì xiǎng nín de, Nǚwā māma! Wǒmen yìzhí jìde nín!"

Nǚwā shuō, "Wǒ yě huì xiǎng nǐmen de. Hǎohao de shēnghuó, hǎohao de ài, ràng zhège shìjiè biàn de gèng hǎo."

Shuō wán, Nǚwā xiàozhe hé dàjiā shuō le zàijiàn, ránhòu mànman de xiàngzhe yuǎnfāng fēi qù, kāishǐ le tā de lǚyóu.

Nǚwā líkāi hòu, Gònggōng hé Zhùróng yě xiǎng le hěn duō.

Gònggōng míngbai le, "Nǚwā xīwàng rénmen guò de hǎo. Wǒ yào yòngshuǐ hǎohao bāngzhù tāmen. Nǚwā zhīdào le, kěnéng huì gāoxìng." Jiù zhèyàng, tā kāishǐ gèngjiā rènzhēn de jiǎnchá shuǐ, ràng tiānshàng xià bú dà bù xiǎo de yǔ, bāngzhù dìshàng de huācǎo shùmù zhǎng de gèng hǎo, ràng huánjìng biàn de gèng piàoliang.

人们点点头。"我们会想您的，女娲妈妈！我们一直记得您！"

女娲说，"我也会想你们的。好好地生活，好好地爱，让这个世界变得更好。"

说完，女娲笑着和大家说了再见，然后慢慢地向着远方飞去，开始了她的旅游。

女娲离开后，共工和祝融也想了很多。

共工明白了，"女娲希望人们过得好。我要用水好好帮助他们。女娲知道了，可能会高兴。"就这样，他开始更加认真地检查水，让天上下不大不小的雨，帮助地上的花草树木长得更好，让环境变得更漂亮。

Zhùróng yě rènwéi, "Duì, dǎ lái dǎ qù méiyòng. Wǒ yào yòng huǒ bāngzhù rénmen. Nǚwā kàndào le, wǒmen de guānxi kěnéng huì biàn de gèng hǎo." Jiù zhèyàng, tā kāishǐ jiāo rénmen zěnme gèng hǎo de yòng huǒ, zěnme yòng huǒ zuò gèng hǎochī de fàn, zěnme zhùyì huǒ, búyào ràng huǒ shāo le jiā.

Tāmen liǎng gè, bú zài shēngqì, ér shì xuǎnzé yòng zìjǐ de bànfǎ, yòng gèng cōngming de bànfǎ, qù bāngzhù dìshàng de rénmen. Tāmen xīnli, dōu hái xīwàng néng ràng Nǚwā gèng xǐhuan zìjǐ yìdiǎnr.

Zhè shì yì chǎng nánrén duì nánrén de bǐsài, wèile dédào Nǚwā de xīn.

Dìshàng de rénmen, yìzhí méiyǒu wàngjì Nǚwā. Tāmen zài cūnzi lǐ gài le gěi Nǚwā de fángzi (suīrán tā bú zhù zài nàlǐ), jīngcháng qù nàlǐ shuō Nǚwā de gù

祝融也认为，"对，打来打去没用。我
要用火帮助人们。女娲看到了，我们的
关系可能会变得更好。"就这样，他开
始教人们怎么更好地用火，怎么用火做
更好吃的饭，怎么注意火，不要让火烧
了家。

他们两个，不再生气，而是选择用自己
的办法，用更聪明的办法，去帮助地上
的人们。他们心里，都还希望能让女娲
更喜欢自己一点儿。

这是一场男人对男人的比赛，为了得到
女娲的心。

地上的人们，一直没有忘记女娲。他们
在村子里盖了给女娲的房子（虽然她不
住在那里），经常去那里说女娲的故

shì, hé tā liáotiān, xièxie tā.

Tāmen shuō, "Shì Nǚwā ràng wǒmen huó le, jiāohuì wǒmen shēnghuó, xiūhǎo le tiān hé dì. Tā shì zuì hǎo de māma, zuì hǎo de lǎoshī, zuì hǎo de péngyou. Tā xiànzài qù kàn shìjiè le, dàn tā yìzhí àizhe wǒmen."

事，和她聊天，谢谢她。

他们说，“是<u>女娲</u>让我们活了，教会我们生活，修好了天和地。她是最好的妈妈，最好的老师，最好的朋友。她现在去看世界了，但她一直爱着我们。”

Nüwa the Creator

Chapter 1:
The Goddess Wants to Have Friends

Once upon a time, when the world had just begun, the sky was blue, and the land was yellow. There were mountains, rivers, trees, flowers, and birds. The world was big and beautiful, but there were no people.

In this world, there was a goddess, and her name was Nüwa. Nüwa was different from the other gods. Her upper body was a beautiful woman, while her lower body was a long snake.

Nüwa often traveled while looking at the world. In the morning, she watched the sun rise. At noon, she rested by the river. In the evening, she listened to the birds singing. The world was so beautiful, and the sounds were so lovely.

However, Nüwa often felt unhappy. Why? Because she had no friends. The sky was big, and the land was wide. She had traveled through many places and seen many things by herself, but there was no one to talk to, no one to play with.

"This world is wonderful, but I'm all alone, with no friends," Nüwa often thought to herself. "If only I had some friends."

One day, Nüwa came to the Yellow River. The Yellow River was big, and the river water was yellow. Along the riverbank, there was a lot of yellow soil. Nüwa touched the soil with her hands. The soil was not too much, not too little, not too dry, and not too wet.

"This soil is perfect," Nüwa thought. "What can I make with it?" Suddenly, a good idea came to her. "I can use the soil to make some little figures, I will create them to be my friends!"

Thinking of this, Nüwa picked up some soil and began making small things with her hands. First, she tried using dry soil, but the soil was too hard to use. Then she tried adding a lot of water, but the soil became too soft, and the little figures couldn't stand up.

Nüwa thought for a moment and then used the right amount of water and the soil. This time, she carefully made a little figure. The little figure had a head, eyes, a mouth, and hands and feet. It looked very interesting.

Nüwa looked at the little figure and asked, "Can you move? Can you talk?" But the little figure didn't move at all and couldn't talk either.

Nüwa felt a little sad. She made another one, but it still didn't move. "Why won't they move?" Nüwa looked at herself in the river and thought again. "Maybe they need a little breath?"

She picked up the soil again and made a little figure very carefully. She faced the little figure and blew softly on it.

She looked at the little figure and waited.

After a little while, the little figure's hands moved! Then, the little figure's feet moved too.

"Fantastic!" Nüwa was happy. "You are alive! You are really alive!"

Although this little figure couldn't talk or walk yet, Nüwa was very happy. She thought: "I've found a way! Now I can make many friends!"

Chapter 2:
The First Friend and More People

Nüwa looked at the little figure she had made. The little figure moved, it was alive! Nüwa was very happy.

She blew softly on the little figure again. This time, the little figure's body became a little warm. His hands and feet could move. Then, the little figure slowly stood up! At first, he couldn't stand well, but soon, he was able to stand well.

The little figure opened his eyes and saw Nüwa. He looked to the left and to the right, very interested in this world.

"Hello," Nüwa said happily. "Can you understand what I'm saying?"

The little figure looked at Nüwa, moved his eyes and nodded.

"Fantastic!" Nüwa became happier. "You are a 'human.' Can you say 'human'?"

The little figure opened his mouth and tried to say something, but no sound came out.

"That's all right," Nüwa said. "You have just come to this world, you can't speak yet. Don't worry, I will teach you."

Nüwa gave her hand to the little person, and the little person gave his hand to Nüwa. Nüwa felt a warm feeling in her heart and was happy.

Nüwa pointed to the sky and said, "Sky," pointed to the ground and said, "Ground," pointed to the river and said,

"Water." Then she pointed to the little figure and said, "Human."

The little figure looked at Nüwa and mimicked her. He slowly said the first word: "Hu… man… Human."

Nüwa was surprised and was also happy. "Yes! You are a human! You have learned to speak!"

"Human… Human…" the little figure said again, this time the voice was louder. He pointed to himself, suddenly understood, and said: "I am… a human."

Nüwa smiled. She finally had a friend she could talk to!

Nüwa continued to teach the human more words. He learned quickly and could say more simple things.

"Thank you, Nüwa," the human said to Nüwa.

Nüwa was happy. She came to the Yellow River with the human, looking at things, talking, and singing.

The next day, Nüwa came to the river again. She thought, "One person is too few. I want to make more people."

Nüwa picked up the soil again and began making the second person. She quickly finished another little clay figure and blew a breath onto him, too. The second clay figure came to life, just like the first one.

Nüwa kept making the third, the fourth… She made many, many beautiful people. They could all walk, Nüwa also taught them to speak and to know the world. These new people were all smart and learned quickly.

One day, two days, three days... Every day, Nüwa made new people. All these people thanked Nüwa. They called her "Mother."

But Nüwa found a problem. Making people one by one was too slow. She wanted there to be many people in the world, but this way would take a long time.

"I need a faster way," Nüwa said, feeling a little worried. "Each person I make must be alive." She looked at the soil by the Yellow River and began thinking of a new way.

Chapter 3:
People Begin to Live

She saw there was a lot of soil by the Yellow River, and beside it was some long grass. She had an idea. She found a long piece of grass, put it into the soil, and let the soil stick to the grass. Then, she picked up the grass and threw it hard!

The soil flew out and fell to the ground, turning into the shapes of many little figures. Some of them were tall, some were short, some were fat, and some were thin.

Nüwa blew a breath onto these little soil figures, and they all came to life! They stood up, looked at Nüwa, and began to talk and walk.

Nüwa was happy. She had found a quick way to make people. From then on, there were more and more people in the world. Some people lived on the mountains, and some lived by the rivers.

But when there were more people, problems came too. People didn't know what they could eat and what they couldn't eat. Some people ate bad food and had stomach aches. Also, sometimes the weather was cold, and sometimes it was hot. People didn't know what to do.

Nüwa saw all these problems. One day, she came to a group of people.

"Mother Nüwa!" the people said happily when they saw her.

A man said, "Mother Nüwa, we are hungry, but we don't know where to find food. There aren't many fruits on the trees."

A woman also said, "Yes, and we also don't know how to get the fish from the river."

Nüwa thought for a moment and said, "Don't worry, I'll teach you."

She led the people into the woods. She pointed to a red fruit and said, "This one is sweet. You can eat it." Then she pointed to a green fruit and said, "This one is bad. If you eat it, your stomach will hurt."

She pointed to some grass on the ground and said, "This white one is okay to eat. That black one is not." The people listened carefully and kept everything in mind.

Then Nüwa took them to the river. She found a long piece of wood. She looked at the fish in the water, quickly hit the water with the wood, and a fish came up! She said, "You can use wood like this to catch fish and eat them."

People began to learn how to find food and catch fish. At first, they didn't do very well, and sometimes they went hungry or couldn't catch any fish. But they helped each other and learned together.

Nüwa also taught them how to make clothes using animal skins, so they wouldn't catch cold when the weather was cold.

After a few weeks, the people had learned many things. They knew how to find food and how to make simple clothes. They also started building small houses from wood and leaves. They worked together and lived together.

Nüwa came to see the people again. She saw that people's lives were getting better. They helped with each other and looked happy. Children were running around nearby.

When people saw Nüwa coming, they all ran over. "Mother Nüwa, thank you!" everyone said together. A little child ran over and gave Nüwa a beautiful flower.

Nüwa smiled. Seeing the people she had made living happy lives made her feel happy and relieved.

Chapter 4:
The Water God and the Fire God Become Angry

There were many gods in the sky. Some gods liked people, but others thought people were strange and didn't like them. Among these gods, two were especially powerful. One was Gonggong, the God of Water. The other was Zhurong, the God of Fire. They both liked Nüwa and wanted her to be their girlfriend.

Gonggong managed the water. The water in the great rivers and the rain from the sky listened to him. Gonggong was big and tall, he usually wore blue clothes, and his eyes were also blue. He didn't smile often and looked a bit aloof.

Zhurong managed fire. The sun in the sky and the fire on the ground listened to him. Zhurong was also big and tall, he usually wore red clothes, and his hair was red like fire. He smiled a lot and looked very passionate.

Water and fire are very different. Gonggong and Zhurong both thought they were more important to Nüwa and to humans. So, they looked down on each other. When they met, they didn't talk.

One day, the great god in the sky, the Jade Emperor, summoned many gods together. He also summoned Gonggong and Zhurong.

The Jade Emperor sat on the highest chair and said, "Hello, everyone. Now, the wind in the sky, the rain in the sky, and the clouds in the sky need a great god to manage them. Who do you think is the most suitable?"

Many gods didn't say anything.

The Jade Emperor looked at Gonggong and Zhurong and said, "Gonggong, Zhurong, you two are both powerful. Who do you think should be the one to manage the weather?"

Gonggong stood up immediately. He thought, If I can manage the weather, Nüwa will think I'm more powerful. He said, "Jade Emperor, I think I am the most suitable. Water is important. Without water, nothing on the ground can live. Flowers, grass, and trees all need water. The people Nüwa made also need water to drink. Without water, they will die of thirst. So, I am the most suitable one to manage the weather."

When Zhurong heard this, he quickly stood up too. He also thought, this job is important, and if I do it, Nüwa will be very happy. He said to the Jade Emperor, "Jade Emperor, I think I'm more suitable! Water is important, but fire is also important! Without fire, without the sun, the world would be very, very cold. People would get sick from the cold. The people Nüwa made need fire to cook food. At night, without fire, the world is dark, and people will be scared. I can give them light and heat. So, I should be the one to manage the weather! Nüwa would also think fire is better!"

When Gonggong heard Zhurong's words, he became angry. He said, "If it's cold, people can wear more clothes. But if they're thirsty, what can they do? Without water, they will die! Even if you tell Nüwa that fire is better, she won't agree with you!"

Zhurong smiled and said, "You're wrong. Without fire, people can't cook food! When the sky gets dark, they can't see anything! Fire is more important! Nüwa is smart. She knows the good things about fire!" He spoke loudly on purpose, so that Nüwa, who was far away, could hear him too.

The Jade Emperor looked at the two of them and said, "What you said is both right. Water is important, and fire is also important. This is really a hard problem. Let me think about it and tell you my decision in a few days."

The Jade Emperor left, and the other gods also slowly left. But Gonggong and Zhurong didn't leave.

Gonggong looked at Zhurong and said coldly, "Don't even think about it. The Jade Emperor will definitely choose me. Nüwa also knows that water is the most important."

Zhurong said, "Why? The Jade Emperor also said fire is important! I think he will choose me! Nüwa likes light and heat more!"

Gonggong said, "Water can make things live. Can fire do that? No! Water is better than fire!"

Zhurong said, "Fire can make winter not cold. It can give light in the night! Water can't do that! Fire is better than water!"

They talked back and forth without stopping. Each of them wanted to prove that they were stronger and that they could get Nüwa's favor. Their voices got louder and their faces got redder. The other gods watched from far away and didn't dare to come close.

Nüwa looked at them and felt a little worried. She didn't like their arguing back and forth like that.

Suddenly, Gonggong said loudly, "Stop talking! Talking is useless! Let's compete! The one who wins will manage the weather! Nüwa then will know who is stronger!"

Zhurong also said loudly, "Fine! Let's compete! Who's scared? Let Nüwa see who is more powerful! Let's go to Tianchi tomorrow to compete!"

"Alright! See you at Tianchi tomorrow!" Gonggong said, without even looking at Zhurong, and left. Zhurong also left angrily.

The next day, Gonggong and Zhurong arrived at Tianchi, the biggest and most beautiful lake in the sky. Its water was clear and blue. Many other gods also came to watch their competition. Nüwa also came. She stood far away and watched with great worry. She hoped they would just compete and not actually get angry and fight.

Gonggong said to Zhurong, "You go first."

Zhurong nodded his head. He thought, I will show Nüwa how powerful my fire is. He took a deep breath, then opened his mouth and blew toward the surface of Tianchi. It was not ordinary air, it was extremely hot. When the hot air reached the water, Tianchi immediately began to rumble. A lot of white steam came off the surface, and the water got hotter and hotter, like it was going to boil. The gods nearby saw it and thought Zhurong was very powerful. Zhurong looked at Nüwa in the distance, showing smugness.

Gonggong saw it and didn't say anything. He just gave a cold smile. He thought, That's nothing. Watch what my water can do! He reached out his hand and moved his fingers toward the hot water.

Suddenly, a big part of the water in Tianchi flew up, and turned into a big fish in the air! This fish made of water opened its big mouth and quickly flew toward Zhurong.

Zhurong didn't think Gonggong would use this method. He tried to dodge, but it was too late. The big water fish hit him right away! Zhurong was all wet. The fire on his body became smaller. He felt very cold, very uncomfortable, and extremely angry. He thought Gonggong did it on purpose to make him lose face in front of Nüwa.

"Gonggong! Is this a competition? You are attacking me!" Zhurong shouted. The fire on his body suddenly got bigger, even bigger than before! Big fire came out from his hands and flew toward Gonggong!

Gonggong jumped to the side quickly and didn't get hit by the fire. But the fire hit a big tree nearby, and the tree started to burn.

"Look!" Zhurong said with a smile. "Fire is stronger than water!"

Now, the two great gods were truly angry. They started fighting beside Tianchi! Gonggong used a great flood of water, and the water poured down on Zhurong like a heavy rain. Zhurong used a big fire, and the fire flew toward Gonggong like long red snakes. When water hit the fire, it turned into white steam. When the fire hit the water, the water made a huge sound.

They fought fiercely. The water from Tianchi flew up to the sky and fell back down like a big rain. The clouds in the sky were also burned and changed color from Zhurong's fire. The gods watching from the side were all scared.

Nüwa saw that they were really fighting and became worried. She shouted, "Stop fighting! Stop right now! You are great gods of the sky, you should be helping people, don't fight!"

The two gods heard Nüwa's voice. They both liked Nüwa and didn't want to make her angry, so they stopped. But they still didn't respect each other.

A few days passed. The Jade Emperor finally came up with an idea. He summoned Gonggong and Zhurong again.

The Jade Emperor said, "I have decided. Zhurong, you will be the god who manages the weather."

Zhurong listened and was happy, secretly glancing at Nüwa as if to say, "Look, I won!"

When Gonggong heard this decision, he was angry. His eyes turned red. His whole body was shaking, and his every single hair was about to stand on end. He wanted to hit Zhurong again, but the Jade Emperor was there, so he didn't dare to do it.

"Why?!" Gonggong asked the Jade Emperor loudly, his voice was loud. "Why him? Why not me? Isn't water good for people? Doesn't Nüwa like water?"

The Jade Emperor looked at the angry Gonggong and said slowly, "Zhurong's fire can bring light and warmth to the world. This is very important for people. Water is also important, but…" The Jade Emperor paused and said, "But too much water can make the people on the ground, Nüwa's children, afraid."

Hearing the Jade Emperor say this and mentioning Nüwa, Gonggong's body trembled even more. He felt that not only had the Jade Emperor not chosen him, but Nüwa probably didn't like him either. He looked at Zhurong angrily, then quickly and sadly looked at Nüwa. He shouted, "It's not fair! This is not fair!" Then, without saying another word, he suddenly turned around and flew away like a gust of wind.

Only a worried Nüwa, a happy Zhurong, and the Jade Emperor, who didn't know what to say, remained in the sky.

What will the angry and sad Gonggong do?

Chapter 5:
The Sky and the Ground Break

Gonggong ran away angrily. He felt unhappy and also sad in his heart. He thought, "The Jade Emperor didn't choose me. Does Nüwa also not like me? Do they all think fire is better than water? No way! I'm going to do something big! I want the sky and the ground to know that water is the most important!"

He flew angrily and saw the tallest mountain far away, Mount Buzhou.

Mount Buzhou was important. It was tall and big, standing between the sky and the ground like a big pillar. It prevented the sky from falling.

Gonggong looked at Mount Buzhou and had a terrible idea. "If this mountain falls, the sky will break. Let's see what you will do then!"

Nüwa saw Gonggong flying toward Mount Buzhou, and she became worried. "Oh no! He wants to crash into the mountain!"

She immediately shouted, "Gonggong! Don't go! Stop! " She wanted to fly over and stop him.

But Gonggong flew too fast. He became angrier and didn't hear Nüwa's words.

"Stop! Gonggong!" Nüwa shouted with her loudest voice.

But it was too late.

Gonggong used all his strength and crashed into Mount Buzhou! The mountain let out a loud sound. The sky and the ground both shook.

Mount Buzhou swayed back and forth, and rocks on the mountain began to fall. Then this great mountain slowly started to fall!

"No!" Nüwa shouted.

Boom! Mount Buzhou fell.

As soon as the mountain fell, both sky and ground were ruined.

One side of the sky was torn and had a big hole in it. Black wind blew out from the hole. The sky began to fall and was about to touch the ground. The sky was no longer blue.

The ground was also ruined. Many big holes appeared on the ground. Some holes were long, and some were deep. Trees and houses fell into the holes. A lot of black water also came out from the holes.

The sun and moon in the sky also changed. Sometimes there were two suns in the sky, making the heat unbearable. Sometimes there was no moon at night, and it was so dark that nothing could be seen. Some places were extremely cold, like winter.

Nüwa looked at the big hole in the sky, looked at the big holes on the ground, and looked at the scared people. She felt sad, and her heart hurt a lot. "Gonggong, why did you hit Mount Buzhou?" she asked.

She wanted to find Gonggong, but he disappeared. Zhurong had also disappeared.

Nüwa went to find the Jade Emperor. "The Emperor of Heaven, Mount Buzhou fell, and the sky is torn! What should we do?"

The Jade Emperor was also worried. "Oh no, Gonggong did something terrible! I have no solution either. There is no other mountain I can put there."

Nüwa said, "Then I must go see the people on the ground first."

Nüwa quickly flew down to the ground. The world she saw was different from before.

In many villages, the houses had all fallen down. There was no water in the fields, and the land was dry.

She arrived at another village. This place used to be fine, but now there was a great flood everywhere. People were crying in the water, and some had climbed onto higher houses.

"Mother Nüwa" someone saw her. "Please help us!"

Nüwa felt sad. She flew down. She made the big trees in the water grow taller. She put big rocks into the water like little boats.

"Quick! Climb onto the trees! Climb onto the rocks!"

People climbed up.

A little girl cried and said, "Mother Nüwa, I can't find my mom!"

Nüwa cradled the little girl. "Don't cry, what does your mother look like?"

"She has long hair and wears red clothes."

Nüwa held her and flew to a higher place. She saw a woman in red clothes shouting on a small mountain in the distance.

"Is that your mom?" Nüwa pointed to the woman and asked.

"Yes! That's my mom!"

Nüwa brought the little girl back to her mother. The mother cried and said, "Thank you, Mother Nüwa!"

Nüwa said to the people on the mountain, "Stay here for now. Don't go anywhere. Go back when there is less water."

The people nodded.

Nüwa flew to another place. She saw that from the big hole in the sky, some rocks were falling down and some strange and scary things were flying out.

They were very big animals. Some had long teeth, and some had long arms. They flew to the ground, and even ate people.

Nüwa knew these animals came from another world. Because the sky was torn, they were able to come in.

She saw a big bird with a little boy in its mouth. The big bird saw Nüwa, opened its big mouth, gave a strange cry, and flew away. Nüwa caught the little boy in the air and brought him back to the ground.

"Mother Nüwa is here!" the people shouted. "There are

more and more bad animals from the sky!"

Nüwa said to the people, "Hide quickly! Don't let them see you!"

People quickly found places to hide. Nüwa flew up into the sky and said to the animals, "This is not your place! Go back now!"

But there were too many animals; she couldn't drive them all away by herself.

She flew to a mountain and saw some people using wooden sticks and stones to fight a big dog. That dog had also come from the sky and had already eaten several people.

"I'll help you!" Nüwa flew over and drove the big dog away.

The people said, "Thank you! These days, so many bad animals have come. They eat our food, and even our children!"

Nüwa nodded. "These animals came from the hole in the sky. I must mend that hole. When the hole is mended, they will go back."

One person asked, "Can the sky really be mended? Mount Buzhou has fallen. What can be used to hold up the sky now?"

Nüwa replied, "To be honest, it's very difficult. But I will try my best to find a method. You must believe in me."

She looked at the great flood on the ground and the big hole in the sky. She felt worried. "I must be quick! I must help the people!"

She said to the people, "Go find a safe place to wait. Believe me, I will come back and mend the sky!"

After saying this, Nüwa flew into the sky. She had to find a way to repair the torn sky.

Chapter 6:
Finding a Way to Mend the Sky

Nüwa first flew to the fallen Mount Buzhou. The mountain was big, and huge rocks had fallen from it. Nüwa tried to move the rocks with her hands. But the big rocks were too heavy, and she couldn't move them by herself, she could only move the small rocks.

"No," Nüwa thought, "moving them like this is too slow. I need to think of another way."

She found a clean, big rock and sat down. She raised her head and looked at the big, black hole in the sky. Wind blew out of the hole, and it was cold. The sky was still falling down little by little.

"I must mend the hole in the sky," Nüwa thought to herself. She knew this for sure. "But what should I use to mend it?"

She thought of many, many ways.

"Would it be okay to use another large rock?" she asked herself. "No, the rocks are too heavy, and if I put them in the sky, they might fall down and hit the people on the ground."

"What about using wood?" she thought again. "No, that won't work either. Zhurong's fire hasn't stopped yet. If I put wood in the sky, it might burn."

"Then what about using water?" She looked at the hole in the ground that was still gushing water upwards. "That's even worse. Water moves; it will flow down from the sky and can't plug the hole."

Nüwa thought and thought for a long time, but still couldn't come up with a good solution. She was worried. The hole in the sky was getting bigger and bigger, and the people on the ground were in more and more danger.

Just then, a little bird flew over and landed next to Nüwa. This little bird knew Nüwa and wasn't afraid of her.

"Mother Nüwa," the bird asked her, "why are you sitting here? You look sad."

Nüwa looked at the bird and said, "Ah, do you see that big hole in the sky? The sky is torn. I need to mend it, but I don't know what to use to mend it."

The little bird listened, bobbed its head, thought for a moment, and then said, "Mother Nüwa, I once heard other birds say that in the far east there is a big mountain. Inside that mountain, there is a special kind of stone."

"A special stone?" Nüwa asked, "What kind of stone?"

"It's a five-colored stone," the little bird said, "with red, yellow, blue, white, and black all on one stone. They say that kind of stone is special; it cannot be destroyed by fire or washed away by water. Maybe that kind of stone can mend the sky?"

Hearing the little bird's words, Nüwa's eyes suddenly lit up. "Five-colored stone? Is there really such a stone? Where is it?"

"Yes, in the big mountain to the east," the bird nodded. "I

can take you there!"

Nüwa immediately stood up. "That's wonderful! Let's go now!" she said to the little bird. "The hole in the sky can't wait any longer; we must be quick!"

Nüwa and the little bird flew together toward the big mountain in the east.

Along the way, Nüwa saw that the ground was even worse. There were more big holes, and bigger floods. The bad animals that had come out of the hole in the sky were still running around on the ground, and more and more people were being eaten. Nüwa felt even more worried.

"Little bird, faster!" Nüwa said.

They flew for a long time, over high mountains and across big rivers. Finally, they arrived at the big mountain in the east. There were many trees and stones on the mountain.

"We're here," said the little bird. "The five-colored stone I heard about is on this mountain. Let's look for it."

Nüwa nodded. She and the little bird began to search the mountain carefully for the stone. They saw many, many stones. There were white stones, black stones, red stones, all kinds of stones, but they didn't see a single stone with five colors.

They looked for a long time, from one side of the mountain to the other, but still couldn't find it.

"Strange," said the little bird, "I heard correctly. The five-colored stone should be here. Why can't we find it?"

Nüwa looked at the big mountain and thought for a moment. She went toward a place that looked dark and deep, where there was a cave entrance. "Maybe," Nüwa said, "the five-colored stone isn't outside the mountain, it might be inside, in the cave."

The little bird understood. "You mean we should go into the cave to look for them?"

"Yes," Nüwa said. "Let's go inside and take a look."

Nüwa and the little bird entered the cave together. Inside the cave, it was dark and they couldn't see anything. Nüwa reached out her hand and a little white light came from her hand. It wasn't very bright, but it was enough for them to see the way.

The cave was long and quiet. They walked carefully inside. They walked until they saw a different kind of light ahead. It wasn't white light, it had several colors.

They walked toward the light. The closer they got, the brighter the light became. Finally, they came to a large space. In the middle of that space was a huge stone!

This stone was different from all the stones they had seen outside. It really had five colors! Red like fire, yellow like soil, blue like the sky, white like clouds, and black like the night. The five colors flowed on this stone, glowing a beautiful light.

"Ah! We found it!" the little bird chirped happily. "This is the five-colored stone!"

Nüwa looked at the special stone and felt happy in her heart. She walked closer and gently touched the five-colored stone with her hand. As soon as she touched the stone, she felt heat enter her body.

"This stone is really good!" Nüwa said happily, "I can use it to mend the hole in the sky!"

She wanted to pick up the five-colored stone and take it away. She used all her strength, but the five-colored stone stayed there, not moving at all. It was too big and too heavy.

"What should I do?" Nüwa was a little worried. "We've found the stone, but I can't take it away!"

Just as Nüwa didn't know what to do, an old voice suddenly came from the cave: "Nüwa, did you come to my home for this five-colored stone?"

Nüwa and the little bird were both startled. They turned their heads and saw an old man with white hair and a white beard slowly walking out from the deeper part of the cave. This old man looked very old, but his eyes were bright.

"May I ask who are you?" Nüwa asked carefully.

"Haha," the old man smiled, "I am the mountain god of this mountain. I know you. You are Nüwa, the mother of the people on the ground." He looked at the five-colored stone again and said, "You've come here to take it to mend the sky, haven't you?"

Nüwa nodded and said, "Yes, Grandfather Mountain God. The sky is torn, and the people on the ground are in danger.

I heard that the five-colored stone can mend the sky, so I came to find it. But it's too heavy, and I can't lift it."

The mountain god listened and nodded as well. "Yes, I know about the events in the sky. That child Gonggong was too reckless. The five-colored stone can indeed mend the sky. If you can't lift it, I can help you."

"Really?" This made Nüwa happy. "You can help me?"

"That's right," said the Mountain God. "I can help you turn this big stone into many smaller stones, so you can take them away."

"Thank you so much, Grandfather Mountain God!" said Nüwa.

The Mountain God then said, "But Nüwa, you must know. To mend the hole in the sky, you still need one more thing."

"What else do I need?" Nüwa asked.

"Mount Buzhou has fallen, and the sky is missing a great pillar," the Mountain God replied. "You need to find a hard pillar and place it there to hold up the sky. Without it, even if you mend the hole, the sky will still fall."

Hearing this, Nüwa began to worry again. "What can I use to make a new pillar? Where can I find something so hard?"

The Mountain God replied, "I don't know this either. However, I have heard that in the far south, in the sea, lives a big turtle. That turtle has lived for a long time, perhaps it is older than me. It knows many things. You can go and ask it."

Nüwa understood. "Thank you for telling me. I understand now. I need the five-colored stone, and I also need to find that big turtle."

The Mountain God nodded. He walked in front of the five-colored stone, reached out his hand, and said a few words to the big stone. The glowing stone slowly became smaller and broke apart, turning into many small stones that still had five colors.

Nüwa carefully put the small stones into her bag.

"Grandfather Mountain God, thank you so much!" Nüwa said. "I will go to the southern sea now!"

"Go ahead," said the mountain spirit, "It's getting late. The people on the ground are waiting for you. You must hurry. I believe you will succeed!"

Nüwa and the little bird said goodbye to the Mountain God, then flew out of the cave. They flew toward the southern sea.

In Nüwa's heart there was now hope. She had the stones to mend the sky, and she knew who to ask about the pillar. She looked at the people waiting for her below and said in her heart, "Children, believe in me! I will definitely mend the sky!"

Chapter 7:
The Big Turtle in the Sea

Nüwa and the little bird left the big mountain in the east and flew toward the southern sea. They were going to find the big turtle the Mountain God had told them about.

They flew for a long time, and finally arrived at the southern sea. The sea was so big that they couldn't see the end of it. The blue sea water was beautiful under the sun.

"The sea is so big. Where should we look for the big turtle?" Nüwa asked the little bird.

The little bird didn't know either. "Grandfather Mountain God only said it's in the southern sea."

Nüwa thought for a moment, then she spoke to the sea, "Sea, Sea, please tell me, where is the big turtle who has lived for so long?"

The sea water rippled, and a voice echoed up from beneath the water: "Nüwa, why are you looking for the big turtle?"

"I need its help," Nüwa replied. "The sky is torn. I need a new hard pillar to hold up the sky so that it won't fall. The Mountain God said the big turtle might know."

The sea water rippled again. "The big turtle lives deep under the sea. It's very old and rarely comes out. If you want to see it, follow me."

The sea water parted, and a path appeared. Nüwa and the little bird walked into it.

As they walked through the water, they saw many sea creatures, fish, and strange things Nüwa had never seen before.

They walked for a long time, and finally reached the deepest part of the sea. It was dark and cold here, with only a little bit of light. That small light came from something very big.

Nüwa and the little bird walked closer to take a look. Ah, it was a gigantic turtle! It was even bigger than a small mountain! Its head was big, and its eyes were big as well, giving it a knowledgeable appearance.

"Hello, Big Turtle," Nüwa said carefully. "I am Nüwa."

The big turtle slowly lifted its head and looked at Nüwa. "I know who you are," it said in an old but clear voice. "And I know why you've come. It's because of that big hole in the sky, isn't it?"

Nüwa nodded. "Yes. Mount Buzhou fell, and the sky lost one of its pillars. I need to find something new to hold up the sky so it won't fall. Do you know what would work best?"

The big turtle said slowly, "A pillar strong enough to hold up the sky must be extremely good and extremely hard. Ordinary stone or wood won't work."

"Then what can be used?" Nüwa asked worriedly.

The big turtle looked at its four legs. "My legs," it said, "are especially strong and don't break easily. They would be perfect for making the pillars of the sky."

Nüwa listened, and was surprised. "Your legs? But, without

legs, how can you walk?"

The big turtle smiled. "I have lived for too long and I didn't want to walk any longer. I only want to live quietly in the sea. If my legs can help you mend the sky, that would be a wonderful thing."

Nüwa looked at the turtle, deeply moved. "Are you really willing to give me your legs? Thank you so much! But I can't just take your legs like that. Legs are so important."

"No worries," the big turtle said. "I can give you my legs. But you also need to agree to one thing."

"What is it? Please tell me," Nüwa said immediately.

"After the sky is mended," said the big turtle, "please tell the people on the ground that it was an old giant tortoise who gave you its legs to help you mend the sky. Please ask them to remember me."

Nüwa listened and nodded earnestly. "I agree! I will definitely tell everyone that it was you who helped me. Everyone will remember you and thank you!"

The big turtle nodded with satisfaction. "All right. You can take my legs now."

Nüwa was still a bit worried. "Will you feel pain when I take your legs?"

"It might be a little painful," the big turtle said, "but it's all right. For the people on the ground, for this world, this little pain is nothing."

Nüwa was even more moved. "Thank you, big turtle!" she

said. "I will be quick and careful, so you won't feel much pain."

The big turtle slowly lay down and closed its eyes. "Go ahead, Nüwa. There's not much time."

Nüwa walked to the big turtle's legs. They were huge and long. She said softly, "Don't be afraid. I'm going to start now."

She took out a knife and carefully removed the giant tortoise's four legs, one by one.

While she was taking the legs, the big turtle didn't make a sound or move at all. He just lay there quietly.

Soon, Nüwa finished. "It's done," she said to the turtle. "Thank you! Your legs will be the best pillars for the sky!"

The big turtle slowly opened its eyes. "You're welcome. I'm happy I could help. Now, you must hurry and mend the sky."

Nüwa nodded. "Are you all right? Without legs, what will you do in the future?"

The big turtle smiled. "It's okay. I'll just stay here in the sea. The sea will take care of me."

Nüwa thanked it again and again. Then she said to the little bird, "Let's go. We have the five-colored stone and the turtle's legs. We can go mend the sky!"

The little bird looked at the four big legs, each as big as a small mountain, and asked, "They're so big and heavy. How can we carry them?"

Nüwa said, "The Mountain God taught me a good way." She pointed at the four legs with her finger and gently blew on them.

A strange thing happened. The four big legs began to become smaller and smaller, and finally they became as small as small stones.

Nüwa carefully put these four small legs into her bag, placing them with the five-colored stone.

"Goodbye, Big Turtle," Nüwa said to the big turtle. "After the sky is mended, I will definitely come back to see you."

"Goodbye, Nüwa," the big turtle said. "I believe in you. Hurry and go."

Nüwa and the little bird left the deep sea and returned to the land. They looked up. The hole in the sky had become much bigger, and the sky was getting lower and lower.

"We need to be quicker!" Nüwa said. "The sky is about to fall!"

"Where will we mend the sky?" the little bird asked.

Nüwa replied, "We need to go back to Mount Buzhou. That's where the sky was torn, and that's where we'll mend it."

They began flying toward Buzhou Mountain.

Chapter 8:
The Sky Is Mended and the World Becomes Good Again

Nüwa and the little bird returned to Mount Buzhou. When the people on the ground saw Nüwa return, they were happy.

Nüwa said to everyone, "Now, I will start to mend the sky. Please stand back a little."

The people listened and walked back a little. Nüwa first took out the five-colored stone from her bag. As soon as these stones were taken out, they emitted a beautiful light. Nüwa blew on the five-colored stone, and the small stone immediately grew larger, becoming like the big stone in the cave.

Nüwa looked at the five-colored stone and said some words. Then, with all her strength, she threw the large five-colored stone towards the big hole in the sky!

The five-colored stone flew high and fast, flying directly into the hole in the sky.

As soon as the stone went in, it began to change. Nüwa blew on it again and said some more words. The five-colored stone slowly, slowly turned into water. Not ordinary water, but water of five colors: red, yellow, blue, white, and black.

The five-colored water began to flow in the hole in the sky, slowly filling up the big hole. The hole was big, and the water wasn't enough. Nüwa blew on it a few more times, and the five-colored water became more and more.

Then, Nüwa said a few more words to the five-colored water in the sky. The water stopped flowing and slowly turned back into stone. A big, hard five-colored stone finally filled the big hole in the sky!

"The sky is mended!" When the people on the ground saw the hole in the sky disappear, they shouted happily.

Nüwa smiled and said to everyone, "It is not finished yet. Now, the sky still needs new pillars."

She then took out the four small stone legs from her bag. She blew on them, and they immediately grew bigger, turning back into the big legs of the big turtle.

Nüwa picked up one of the big legs and threw it hard toward the east. The leg flew far away, landed on the ground in the east, and turned into a tall mountain that prevented the eastern corner of the sky from falling again.

She then picked up the second leg and threw it toward the west. This leg also turned into a tall mountain in the west.

Next was the south, and then the north. Nüwa placed all four legs under the four corners of the sky. Now, with these four new, tall, and strong pillars, the sky would never fall again.

"It's done!" Nüwa looked at the mended sky and nodded with satisfaction.

Just then, it began to rain. The rain wasn't heavy, it fell gently and felt pleasant. The rainwater fell onto the ground and flowed into the big holes. The big holes slowly became smaller, and finally they were all closed.

People looked up at the sky again. The sky had turned back to blue. The sun came out from behind the clouds, and its warm sunlight shone on the ground. Everything became bright. The damaged trees began to grow new green leaves, the grass came up from the ground, and beautiful flowers bloomed.

"The sky is good! The ground is good too!" The people shouted and jumped for happiness. "Our world is good again!"

Seeing everyone so happy, Nüwa was also happy. She knew that people could continue to live well.

A little girl ran over and asked, "Mother Nüwa, what about those bad animals? Will they come down again?"

Nüwa smiled and replied, "No, they won't. The hole in the sky is mended, so they can't come down. You don't need to be afraid of them anymore."

The little girl laughed happily.

Just then, two gods flew down from the sky. They were the Water God Gonggong and the Fire God Zhurong. They both looked a little embarrassed and didn't dare to look into Nüwa's eyes.

They walked up to Nüwa and lowered their heads.

Gonggong spoke first in a small voice. "Nüwa, I'm sorry. I... I was too angry and made a big mistake breaking Mount

Buzhou. It caused the sky and the ground to break, and it made the people on the ground worried and sad."

Zhurong also said, "Nüwa, I… I was wrong too. We shouldn't have fought. We shouldn't have only thought about ourselves. When I saw you mend the sky all by yourself, I felt that I'm useless." Then he didn't know what else to say.

Nüwa looked at the two of them without speaking immediately. Although the matter was over and the sky had been mended, she remembered the fear and sadness of the people she had seen these past days, the adults and children who had died, and the big turtle who had lost its legs. All of this was because of these two gods in front of her! They were great gods in the sky with strong power, but they had acted like children who didn't know what was right, causing such great trouble to the world.

She gave a scornful laugh. Her voice was not loud, but Gonggong and Zhurong both heard it, and their faces turned redder and they lowered their heads more.

Nüwa looked at them and said slowly, "The gods in the sky have great power. They should do the right things and help the people on the ground. They should not use their power to be angry and scare people." Her voice was calm but a little cold. "Look down below. How many people have lost their homes? How many children have lost their parents? Think about these things… by yourselves."

She didn't say "Welcome back," and she didn't say "It's okay," either. She felt that what they had done was too bad.

A simple "sorry" was not enough.

Gonggong and Zhurong heard Nüwa's words, and their hearts hurt even more. They didn't say anything. They knew Nüwa was right. They felt sorry, not only for Nüwa but also the people on the ground.

After a while, the two of them said to Nüwa, "Believe us. We promise we will come to help in the future." After saying this, they quietly flew away.

Nüwa watched them leave. She still felt a little uncomfortable in her heart.

The little bird flew onto her hand and said, "Mother Nüwa, please don't be angry. The sky is mended, the problem is solved. That's the most important thing!"

Nüwa petted the little bird. "You're right." She looked up again at the blue sky, remembering the Mountain God and the big turtle who had helped her. "Yes, the sky is mended. But, we must remember who helped us."

She said to the little bird, "We need to tell the people on the ground. Tell them the story of the five-colored stone, and more importantly, tell them that there was a big old turtle who, for the sake of everyone, gave us its legs so that we could have new sky pillars. We must always, always remember it."

The bird nodded hard. "Yes! We must tell everyone!"

The sun slowly set, and the moon rose. Nüwa looked at the mended sky and at the people who were starting to rebuild their homes and their lives. She felt satisfied and full of hope. She knew that this world would become better and better in the future.

Chapter 9:
Nüwa Goes to See the World

The sky was mended, and the ground was good. After some time, the world became beautiful again. The water returned to the rivers and the sea. People went back to their homes, built new houses, and planted new things.

One morning, Nüwa came to a big village. The people in the village saw her and ran out happily.

"Mother Nüwa!" everyone called out to her with smiles.

Nüwa looked at her children, who were wearing clean clothes and had smiles on their faces. She felt happy in her heart.

The oldest person in the village walked over and said, "Mother Nüwa, thank you! Thank you for making us alive and mending the sky. We built a house for you. We would like to invite you to take a look."

He took Nüwa to see the house. It was a beautiful new house, bigger than all the others. Inside, there were fruits, flowers, and other gifts that the people sent her.

"Thank you," Nüwa said. "I have received your good will."

At that moment, a young man walked over and said, "Mother Nüwa, there is one more thing we'd like to ask you."

"What is it?"

"How can men and women be together and have their own

families?"

Nüwa smiled, knowing her children had grown up. "I will tell you."

Nüwa said, "If a man likes a woman, and the woman also likes that man, they can get married. After getting married, the man becomes a husband, and the woman becomes a wife. The husband should love his wife, and the wife should also love her husband. They should live well together, and the husband and wife will have sex and have children. This is a healthy, happy, and loving family."

She also said, "Marriage is a big event, so you should do something special: everyone eat, sing, and dance together to be happy for them."

The people were happy to hear this. Soon, the village had its first wedding celebration. Everyone came to participate, eating, singing, and dancing together, and they were happy.

From then on, people learned how to get married and had their own families.

Nüwa saw that people's lives were getting better. They had learned how to live and how to love others. She felt that her children had truly grown up.

She said to people, "My children, you have done well. Now, the world is mended, and you have learned how to live. I want to visit other places and help people who need it."

The people were a little sad to hear this. "Mother Nüwa, where are you going? Will you come back to see us?"

"Yes, I will," Nüwa said with a smile. "The world is big, and I want to travel around and see it. I will come back to see you often. If you need me, just call my name loudly, and I will hear you."

The people nodded. "We will miss you, Mother Nüwa! We will always remember you!"

Nüwa said, "I will miss you too. Live well, love well, and make this world better."

After saying this , Nüwa smiled and said goodbye to everyone. Then, she slowly flew toward the distance, beginning her journey.

After Nüwa left, Gonggong and Zhurong also thought a lot.

Gonggong understood: "Nüwa wants people to live well. I will use water to help them properly. If Nüwa knows, she might be happy." So, he began to check the water more carefully, making it rain moderately to help the flowers, grass, and trees on the ground grow better and to make the environment more beautiful.

Zhurong also thought, "Yes, fighting is useless. I will use fire to help people. If Nüwa sees this, our relationship might become better." So, he began to teach people how to use fire better, how to cook more delicious food with fire, and how to be careful with fire so it wouldn't burn down their homes.

The two of them were no longer angry but chose to use their own methods, smarter methods, to help the people on the ground. In their hearts, they both still hoped to make

Nüwa like them a little more.

This was a competition between men, to win Nüwa's heart.

The people on the ground never forgot Nüwa. They built a house for Nüwa in their village (even though she didn't live there) and often went there to tell stories about Nüwa, talk to her, and thank her.

They said, "It was Nüwa who made us alive, taught us how to live, and mended the sky and the ground. She is the best mother, the best teacher, and the best friend. She has now gone to see the world, but she will always love us."

Glossary

These are all the Chinese words, other than proper nouns, used in this book.

Chinese	Pinyin	English
啊	à	ah, oh, what
爱	ài	love
矮	ǎi	short
安(静)	ān (jìng)	quiet, peaceful
安全	ānquán	safety
吧	ba	(indicates assumption or suggestion)
把	bǎ	(measure word for gripped objects)
八	bā	eight
爸爸	bàba	father
白(色)	bái (sè)	white
半	bàn	half
搬(动)	bān (dòng)	to move
办法	bànfǎ	method
棒	bàng	rod, stick, wonderful
帮(忙)	bāng (máng)	to help
帮(助)	bāng (zhù)	to help
抱	bào	hug
包	bāo	to wrap, bag
把手	bǎshǒu	handle
被	bèi	(particle before passive verb)
北	běi	north

比	bǐ	compared to, than
边	biān	side
变(成)	biàn (chéng)	to change, to become
表示	biǎoshì	to indicate
别	bié	do not, other
别的	bié de	other
别着急	bié zháojí	don't worry
比赛	bǐsài	game
必须	bìxū	must
不	bù	no, not, do not
补	bǔ	to mend, to make up
不够	búgòu	not enough
不过	búguò	but
不想	bùxiǎng	in no mood
不行	bùxíng	no way, out of the question
才(能)	cái (néng)	can only, talent
参加	cānjiā	to participate, to join
草	cǎo	grass, straw
常	cháng	often
长	cháng	long
场	chǎng	(measure word for public events)
唱(歌)	chàng (gē)	to sing
吵	chǎo	noisy
撑	chēng	to prop up
成(为)	chéng (wéi)	to become
成功	chénggōng	success
吃(饭)	chī (fàn)	to eat

吃掉	chī diào	to eat up
吃惊	chījīng	to be surprised
重新	chóngxīn	again
传	chuán	to pass on, to transmit
穿(着)	chuān (zhe)	to wear
吹	chuī	to blow
出现	chūxiàn	to appear
次	cì	next in a sequence, (measure word for time)
从	cóng	from
聪明	cōngming	clever
村子	cūnzi	village
错	cuò	wrong
大	dà	big
打	dǎ	to hit, to play
大腿	dà tuǐ	thigh
打鱼	dǎ yú	to fish
大海	dàhǎi	sea
带	dài	to carry, to lead, to bring
大家	dàjiā	everyone
但(是)	dàn (shì)	but
担心	dānxīn	to worry
倒	dào	to pour
到	dào	to arrive, towards
道	dào	path, way, dao, to say, (measure word for lines, orders)
刀	dāo	knife
到处	dàochù	everywhere

大人	dàren	adult man (respectful)
地	de	(adverbial particle)
的	de	of
得	de	(particle showing degree or possibility)
得意	dé yì	proud
得到	dédào	to get
的话	dehuà	if
等	děng	to wait
第	dì	(prefix before a number)
低	dī	low
地点	dì diǎn	place
点	diǎn	point, hour
点头	diǎn tóu	nod
点子	diǎn zi	idea
掉	diào	to fall, to drop, to lose
地方	dìfāng	place
地上	dìshàng	on the ground
动	dòng	to move
洞	dòng	cave, hole
东	dōng	east
冬(天)	dōng (tiān)	winter
懂事	dǒng shì	sensible
动物	dòngwù	animal
东西	dōngxi	thing
都	dōu	all
堵	dǔ	(measure word for walls)
堵住	dǔ zhù	blocked

对	duì	correct, towards someone
对不起	duìbuqǐ	I am sorry
朵	duǒ	(measure word for flowers and clouds)
躲(开)	duǒ (kāi)	to hide, avoid
多	duō	many
多大	duōdà	how big
多久	duōjiǔ	how long
多少	duōshǎo	how many
肚子	dùzi	belly, abdomen
饿	è	hungry
而(且)	ér (qiě)	and
发	fà	hair
发(出)	fā (chū)	to send, to issue
发光	fāguāng	to glow
饭	fàn	cooked rice, a meal
放	fàng	to put, to let out
方	fāng	square, direction, a group of people
房(子)	fáng (zi)	house, room
放进	fàng jìn	to put in
放心	fàngxīn	rest assured
发生	fāshēng	to occur
发现	fāxiàn	to find out
飞(行)	fēi (xíng)	to fly, flying
非常	fēicháng	very
风	fēng	wind
分开	fēnkāi	separate
该	gāi	should

盖(子)	gài (zi)	cover; to build
干	gàn	to do
敢	gǎn	to dare
赶	gǎn	to chase away
感冒	gǎn mào	cold
感兴趣	gǎn xìngqù	interested
感动	gǎndòng	moving
刚(才)	gāng (cái)	just, just a moment ago
干净	gānjìng	clean
高	gāo	tall, high
高冷	gāo lěng	aloof, cool and distant
告诉	gàosu	to tell
高兴	gāoxìng	happy
个	gè	(measure word, generic)
各种各样	gè zhǒng gè yàng	of all shapes and sizes
给	gěi	to give
根	gēn	root, (measure word for long thin things)
跟	gēn	follow
更	gèng	more
更深	gèng shēn	deeper
公平	gōngpíng	fair, just
工作	gōngzuò	work, job
狗	gǒu	dog
故	gù	old
股	gǔ	(measure word for air, flows, ...)
怪	guài	to blame

关上	guān shàng	to close; turn off
光	guāng	light
管理	guǎnlǐ	to manage
关系	guānxi	relationship
过	guò	to pass, (after verb to indicate past tense)
果(子)	guǒ (zi)	fruit
过去	guòqù	past, to pass by
故事	gùshì	story
故意	gùyì	deliberately
哈哈	hā hā	ha ha
海	hǎi	ocean, sea
孩(子)	hái (zi)	child
还有	hái yǒu	and also
害怕	hàipà	fear, scared
行	háng	row, line, element
好	hǎo	good, very
好几	hǎo jǐ	several
好处	hǎochù	benefit
好多	hǎoduō	many
好像	hǎoxiàng	to like
和	hé	and, with
河	hé	river
喝	hē	to drink
黑(色)	hēi (sè)	black
很	hěn	very
合适	héshì	suitable, proper
红(色)	hóng (sè)	red

轰隆隆	hōng lōng lōng	rumble (onomatopoeia)
后	hòu	after, back, behind
湖	hú	lake
话	huà	word, speak
花	huā	flower, to spend
坏	huài	bad, broken
环境	huán jìng	environment
黄(色)	huáng (sè)	yellow
欢迎	huānyíng	welcome
回	huí	to return
会	huì	will, to be able to
回答	huídá	to reply
回头	huítóu	to turn back
婚	hūn	marriage
活	huó	live
火	huǒ	fire
或(者)	huò (zhě)	or
互相	hùxiāng	each other
胡子	húzi	beard, moustache
急	jí	urgent
几	jǐ	several
记得	jìde	remember
加	jiā	plus, to add
家	jiā	family, home
家里	jiā lǐ	home
件	jiàn	(measure word for clothing, matters)
见(面)	jiàn (miàn)	to see, to meet

检查	jiǎnchá	to inspect, examination
简单	jiǎndān	simple
健康	jiànkāng	healthy
叫	jiào	to call, to yell
脚	jiǎo	foot
角	jiǎo	corner, horn
教(会)	jiāo (huì)	to teach
界	jiè	boundary
接(住)	jiē (zhù)	to catch
节目	jié mù	show, program
结(婚)	jié (hūn)	to marry
解决	jiějué	to solve, settle, resolve
结束	jiéshù	end, finish
近	jìn	close
进	jìn	to advance, to enter
静	jìng	quiet
经常	jīngcháng	often
即使	jíshǐ	even though
就	jiù	just, right now
久	jiǔ	long
九	jiǔ	nine
继续	jìxù	to continue
句	jù	(measure word for word, sentence)
觉得	juéde	to feel
决定	juédìng	to decide; decision
开	kāi	open
开始	kāishǐ	to begin

开心	kāixīn	happy
看	kàn	to look
看不起	kàn bu qǐ	despise
看不见	kàn bu jiàn	look but can't see
看起来	kàn qǐlái	it looks like
渴	kě	thirst
棵	kē	(measure word for trees, vegetables, some fruits)
可能	kěnéng	maybe
可怕	kěpà	frightening, terrible
可是	kěshì	but
可以	kěyǐ	can
哭	kū	to cry
块	kuài	(measure word for chunks, pieces)
快	kuài	fast
快点儿	kuài diǎnr	come on
快乐	kuàilè	happy
来	lái	to come
蓝(色)	lán (sè)	blue
老	lǎo	old
老师	lǎoshī	teacher
了	le	(indicates completion)
冷	lěng	cold
里(面)	lǐ (miàn)	inside
脸	liǎn	face
亮	liàng	bright
两	liǎng	two, chinese ounce
聊(天)	liáo (tiān)	to chat

厉害	lìhai	sharp, intense, ferocious
离开	líkāi	to leave
力气	lìqi	strength
流	liú	to flow
六	liù	six
留(下)	liú (xià)	to keep, to leave behind, to stay
礼物	lǐwù	gift
隆	lóng	prosperous
路	lù	road
绿(色)	lǜ (sè)	green
落	luò	fall
旅游	lǚyóu	to travel
吗	ma	(indicates a question)
麻烦	máfan	trouble
妈妈	māma	mother
慢	màn	slow
忙	máng	busy
满意	mǎnyì	satisfaction
冒	mào	risk
马上	mǎshàng	immediately
没	méi	no, not have
每	měi	every
美	měi	beauty
没想到	méi xiǎng dào	unexpectedly
没关系	méiguānxi	it doesn't matter
没事	méishì	nothing, no problem
面	miàn	side, surface, noodles, face, (measure word for flat things)

面子	miàn zi	face
名(字)	míng (zi)	first name, name, (measure word for an occupation or profession)
明白	míngbai	to understand, clear
明天	míngtiān	tomorrow
摸	mō	touch
木(头)	mù (tou)	wood
嗯	ńg	(indicates questioning, suspicious)
拿	ná	to take
那	nà	that
那里	nàlǐ	there
哪里	nǎlǐ	where
那么	nàme	so then
南	nán	south
男	nán	male
难	nán	difficult, rare
难过	nánguò	to be sad or sorry
呢	ne	(indicates question)
能	néng	can
泥	ní	mud
你	nǐ	you
你好	nǐ hǎo	hello
泥土	ní tǔ	earth
年轻	niánqīng	young
鸟	niǎo	bird
您	nín	you (respectful)
女	nǚ	female
努力	nǔlì	work hard

爬	pá	to climb
胖	pàng	fat
旁边	páng biān	beside
跑	pǎo	to run
碰到	pèng dào	bump into
朋友	péngyou	friend
皮	pí	leather, skin
片	piàn	(measure word for flat objects)
漂亮	piàoliang	beautiful
平	píng	flat
平静	píng jìng	calm
破	pò	to break
普通	pǔtōng	ordinary
气	qì	gas, air, breath
起	qǐ	from, up
七	qī	seven
起飞	qǐ fēi	takeoff
奇怪	qí guài	strange
前	qián	in front, before, side
强(大)	qiáng (dà)	powerful
起来	qǐlái	(after verb, indicates start of an action)
情	qíng	feeling
请	qǐng	please
轻	qīng	lightly
清(楚)	qīng (chǔ)	clear
轻轻	qīng qīng	gently
请问	qǐngwèn	excuse me

其他	qítā	other
妻子	qīzi	wife
去	qù	to go
全身	quán shēn	whole body
却	què	but
群	qún	group, (measure word for group)
让	ràng	to let, to cause
然后	ránhòu	then
热	rè	heat
人	rén	person, people
扔	rēng	to throw
认识	rènshi	to understand
认为	rènwéi	to believe
认真	rènzhēn	serious
热情	rèqíng	enthusiasm
日(子)	rì (zi)	day, days of life
软	ruǎn	soft
如果	rúguǒ	if
三	sān	three
山	shān	mountain
上	shàng	on, up
上流	shàng liú	upstream
上天	shàngtiān	god, heaven
少	shǎo	less
烧	shāo	burn
蛇	shé	snake
神	shén	god

伸	shēn	to stretch
深	shēn	late, deep
身(体)	shēn (tǐ)	body
深处	shēn chù	deep
身边	shēnbiān	around
生	shēng	to give birth, to grow out
声(音)	shēng (yīn)	sound
生病	shēngbìng	sick
生气	shēngqì	anger
什么	shénme	what
是	shì	is, yes
湿	shī	wet
时(候)	shí (hou)	time, moment, period
事(情)	shì (qing)	thing
石(头)	shí (tou)	stone
试(着)	shì (zhe)	try
时间	shíjiān	time, period
世界	shìjiè	world
瘦	shòu	thin
手	shǒu	hand
收(下)	shōu (xià)	to receive, to collect, to include
受不了	shòu bu liǎo	can't stand it
手指	shǒuzhǐ	finger
树(木)	shù (mù)	tree
舒服	shūfu	comfortable
谁	shuí	who
水	shuǐ	water

水果	shuǐguǒ	fruit
树林	shùlín	forest
说(话)	shuō (huà)	to say
四	sì	four
死	sǐ	dead, to die
死路一条	sǐ lù yì tiáo	dead end
送(给)	sòng (gěi)	to give a gift
算	suàn	to calculate, to count
虽然	suīrán	although
所以	suǒyǐ	so
他	tā	he, him
她	tā	she, her
它	tā	it
太	tài	too
抬(起)	tái (qǐ)	to lift up
抬头	táitóu	to look up
太阳	tàiyáng	sunlight
躺	tǎng	to lie down
特别	tèbié	special
疼	téng	pain
提到	tí dào	mention
甜	tián	sweet
天	tiān	day, sky
田地	tián dì	field
天帝	tiān dì	emperor of heaven
天气	tiānqì	weather
天上	tiānshàng	heaven

条	tiáo	(measure word for narrow, flexible things)
跳	tiào	to jump
跳舞	tiàowǔ	to dance
停	tíng	stop
听	tīng	to listen
听说	tīng shuō	it is said that
同意	tóngyì	to agree
头	tóu	head, (measure word for animal with big head)
头发	tóufa	hair
偷偷	tōutōu	secretly
土	tǔ	dirt, earth
腿	tuǐ	leg
突然	tūrán	suddenly
外(面)	wài (miàn)	outside
完	wán	finished
玩	wán	to play
晚	wǎn	late, night
往	wǎng	to
忘(记)	wàng (jì)	to forget
晚上	wǎnshang	evening, night
为	wéi	as
位	wèi	place, (measure word for people, polite)
为了	wèile	in order to
为什么	wèishénme	why
危险	wēixiǎn	danger
问	wèn	to ask

问题	wèntí	problem, question
我	wǒ	i, me
五	wǔ	five
乌龟	wūguī	turtle
吸	xī	to suck, to absorb
西	xī	west
下	xià	down, under
吓	xià	to scare
吓坏	xià huài	frightened
先	xiān	first
像	xiàng	like, to resemble, statue
向	xiàng	towards
响	xiǎng	loud
想	xiǎng	to want, to miss, to think of
向后	xiàng hòu	back
想起	xiǎngqǐ	to recall
相信	xiāngxìn	to believe, to trust
现在	xiànzài	just now
笑	xiào	to laugh
小	xiǎo	small
小船	xiǎo chuán	boat
小声	xiǎoshēng	whisper
小心	xiǎoxīn	careful
些	xiē	some
谢(谢)	xiè (xie)	to thank
喜欢	xǐhuan	to like
心	xīn	heart/mind

新	xīn	new
星期	xīngqī	week
心(意)	xīn (yì)	will
修	xiū	to repair
休息	xiūxi	to rest
希望	xīwàng	to hope
选(择)	xuǎn (zé)	to select, to choose
学(会)	xué (huì)	to learn
学(习)	xué (xí)	to learn
学问	xuéwèn	knowledge
需要	xūyào	to need
牙	yá	tooth
眼(睛)	yǎn (jing)	eye
眼前	yǎn qián	in front
样(子)	yàng (zi)	appearance
阳光	yángguāng	sunlight
颜色	yánsè	color
要	yào	to want
要是	yàoshi	if
也	yě	also
夜(晚)	yè (wǎn)	night
爷爷	yéye	grandfather
意	yì	meaning
易	yì	easy
一	yī	one
衣(服)	yī (fu)	clothes
一点点	yì diǎn diǎn	a little bit

一点儿	yì diǎnr	a little
一般	yìbān	generally
一定	yídìng	must
一个人	yí gè rén	alone
以后	yǐhòu	after
一会儿	yíhuǐr	a while
已经	yǐjīng	already
因(为)	yīn (wèi)	because
赢	yíng	to win
硬	yìng	hard
应(该)	yīng (gāi)	should
一起	yìqǐ	together
以前	yǐqián	before
一样	yíyàng	same
一阵	yízhèn	for a while, a gust (of wind)
一直	yìzhí	always, continuously
椅子	yǐzi	chair
用	yòng	to use
又	yòu	again, also
右	yòu	right (direction)
有	yǒu	to have
有点儿	yǒu diǎnr	sort of
有意思	yǒu yìsi	interesting
鱼	yú	fish
玉	yù	jade
雨	yǔ	rain
远	yuǎn	far

愿(意)	yuàn (yì)	willing
原来	yuánlái	turn out to be, original
越	yuè	more
月(亮)	yuè (liang)	month, moon
越过	yuèguò	cross
云	yún	cloud
再	zài	again
在	zài	in, at
在旁	zài páng	alongside
再见	zàijiàn	goodbye
早	zǎo	early
早上	zǎoshang	morning
怎么	zěnme	how
怎么办	zěnme bàn	how to do
站	zhàn	to stand
张	zhāng	open, (measure word for pages, flat objects)
章	zhāng	chapter
张(开)	zhāng (kāi)	open
丈夫	zhàngfu	husband
照	zhào	according to; to shine
找	zhǎo	to search for
找不到	zhǎo bu dào	can't find
照顾	zhàogù	to take care of
着急	zháojí	in a hurry
着	zhe	(indicates action in progress)
这	zhè	this
这里	zhèlǐ	here

这么	zhème	so
真	zhēn	true, real
证明	zhèng míng	prove
正好	zhènghǎo	just right
这样	zhèyàng	such
只	zhǐ	only
指	zhǐ	finger, to point at, to name
只	zhī	(measure word for animals)
知道	zhīdào	know
重	zhòng	heavy, hard
种	zhǒng	to plant, (measure word for kinds of creatures, things, plants)
中间	zhōngjiān	middle
中午	zhōngwǔ	noon
终于	zhōngyú	at last
住	zhù	to live, to hold, (verb complement)
柱(子)	zhù (zi)	pillar, post
撞	zhuàng	to knock against, to run into
转身	zhuǎnshēn	to turn around
注意	zhùyì	notice
字	zì	written character
自己	zìjǐ	oneself
走	zǒu	to go, to walk
最	zuì	the most
嘴(巴)	zuǐ (ba)	mouth
最后	zuìhòu	at last
做	zuò	to do
坐	zuò	to sit

座	zuò	seat, (measure word for mountains, temples, big houses)
左边	zuǒ bian	left (direction)
做完	zuò wán	finish
做爱	zuò'ài	to make love

About the Author

Jenny Lu is an award-winning literary translator and Chinese language educator with over twenty years of experience. A recipient of fellowships from Trinity College Dublin and the University of Edinburgh, she specializes in bridging Chinese and English literature while preserving cultural authenticity. Based in Brisbane, Australia, she continues her work in cross-cultural literary exchange through translation and teaching.